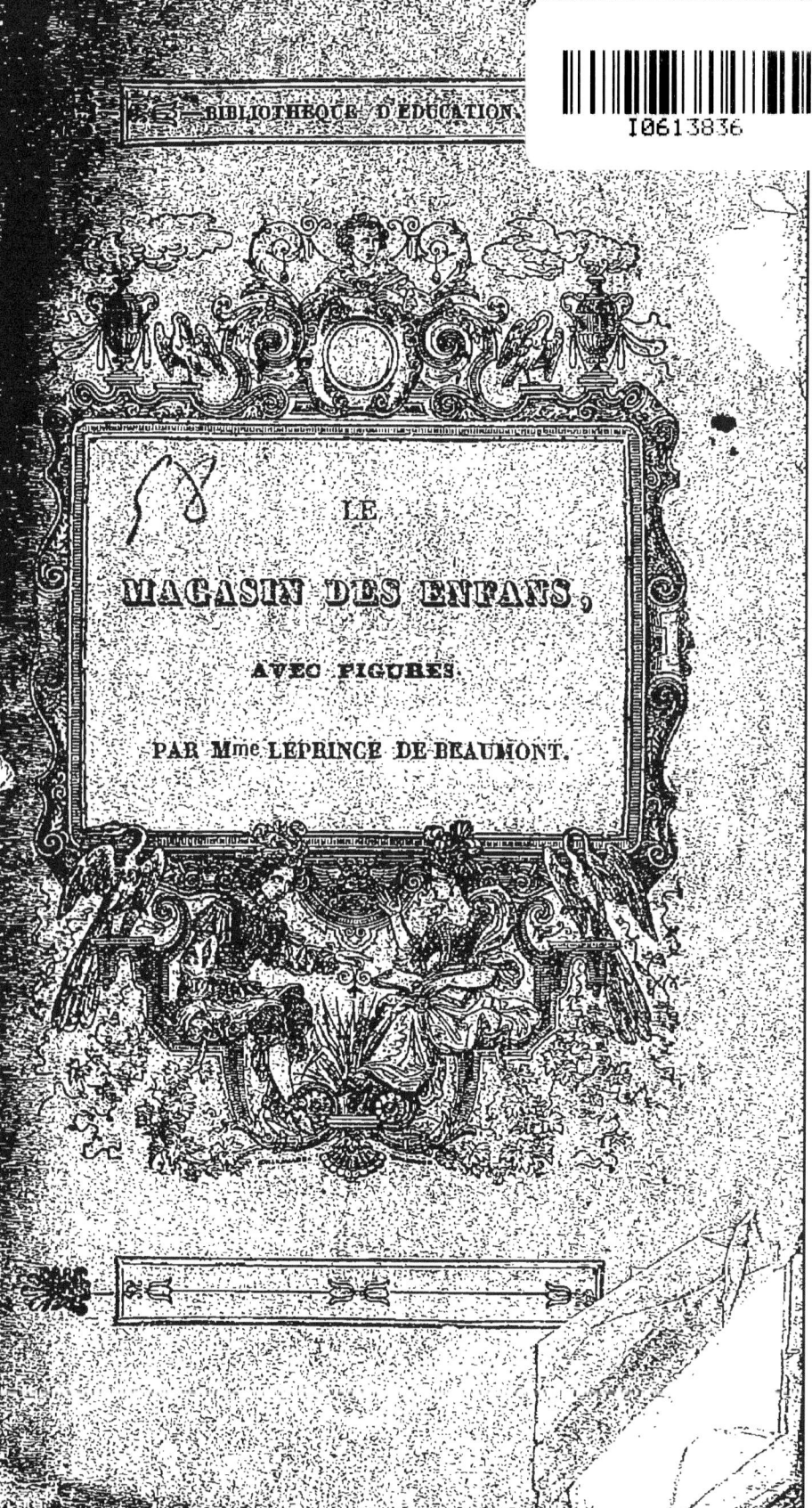

LE
MAGASIN DES ENFANS,

AVEC FIGURES.

PAR Mme LEPRINCE DE BEAUMONT.

MAGASIN DES ENFANS

I.

Vous êtes bien bonne lui dit la Bête.

LE

MAGASIN DES ENFANS,

OU

DIALOGUES D'UNE SAGE GOUVERNANTE

AVEC SES ÉLÈVES.

—

Par M.ᵐᵉ LEPRINCE DE BEAUMONT.

~~~~~~~~~~~~~~~~~~~~~~~

Tome Premier.

~~~~~~~~~~~~~~~~~~~~~~~

Paris,

Chez Martial Ardant frères,

rue Hautefeuille, 15.

Limoges,

Chez Martial Ardant frères,

rue des Taules.

1848.

NOMS DES DAMES

QUI PARAÎTRONT DANS CES DIALOGUES.

—————

Mlle **BONNE**, gouvernante de ladi Sensée.
Ladi **SENSEE**, âgée de 12 ans.
Ladi **SPIRITUELLE**, âgée de 12 ans.
Ladi **MARY**, âgée de 5 ans.
Ladi **CHARLOTTE**, âgée de 7 ans.
Miss **MOLLY**, âgée de 7 ans.
Ladi **BABIOLE**, âgée de 10.
Ladi **TEMPETE**, âgée de 13 ans.

LE MAGASIN

DES ENFANS.

PREMIER DIALOGUE.

LADI BABIOLE, ENTRANT CHEZ LADI SENSÉE.

Bonjour, ma bonne amie; je suis charmée de pouvoir passer l'après-dînée avec vous : on m'a dit que vous aviez reçu de Paris la plus jolie poupée du monde : ah ! que nous allons nous divertir !

LADI SENSÉE.

Volontiers, ma chère ; je suis bien aise d'avoir quelque chose qui vous amuse : mai son frappe, c'est sans doute ladi Spirituelle ; elle m'a fait dire qu'elle viendrait prendre le thé avec moi.

LADI SPIRITUELLE.

Bonjour, mesdames, je... Mais, Dieu me pardonne, je crois que ladi Sensée se joue avec une poupée : ah !.... *(elle rit)* et fi donc, ma chère; je vous croyais raisonnable ; vous avez douze ans, et vous jouez encore !

LADI BABIOLE.

Mais, madame, est-ce qu'il y a du mal à jouer quand on a douze ans ? Il me semble que je vous ai vu plusieurs poupées, il n'y a pas long-temps.

LADI SPIRITUELLE.

Il y a plus de six mois que j'ai jeté toutes ces choses dans le feu ; j'ai prié papa de me donner tout l'argent qu'il employait à ces bagatelles, pour acheter des livres et payer toutes sortes de maîtres.

LADI BABIOLE.

Je ne suis point de votre goût. Si j'étais la maîtresse, au lieu de donner deux guinées par mois à
mon maître de géographie, je ferais venir de Paris
les plus jolies choses du monde ; cela m'amuserait
beaucoup, au lieu que cet homme m'ennuie à la mort:
quand je le vois, je ne puis m'empêcher de bailler à
tous momens : il le dit à maman, on me gronde, et
cela fait que je hais davantage le maître et la géographie.

LADI SPIRITUELLE.

Vous n'aimez donc pas à lire des histoires ?

LADI BABIOLE.

Non, en vérité, ma chère ; il faut cependant que
je lise, car papa le veut ; mais quand je serai grande, et que je pourrai faire ce que je voudrai, je
vous assure que je ne lirai jamais.

LADI SPIRITUELLE.

Vous serez donc une sotte toute votre vie, et vous
ne serez jamais aimable. Ecoutez, je vais vous
dire ce qui m'a dégoûté des poupées. Pendant que
nous étions à la campagne cet été, il venait plusieurs
dames chez nous. Il y en avait deux qui étaient laides ; mais si laides, qu'elles faisaient peur. Hé bien,
papa était charmé quand elles venaient nous voir :
il disait qu'elles étaient aimables ; cela me surpre-
nait, car je croyais qu'il fallait être belle pour
être aimable : mais je fus bien plus surprise ; vous
connaissez miladi Loucy, qui est si belle ; papa ne
pouvait la souffrir ; il disait que c'était une statue,
un automate, qu'elle n'avait pas d'âme : je ne savais
ce que cela voulait dire. Un jour, ces deux dames
qui sont si laides, étaient avec moi, je leur ai demandé quelle différence il y avait d'elles à miladi
Loucy ? Vraiment, ma chère, m'ont-elles répondu,
vous devez le voir, elle est belle, et nous sommes
laides. Je le sais bien, leur ai-je dit : mon papa
répète cela tous les jours, mais il dit aussi que vous

êtes aimables, et qu'elle ne l'est pas ; qu'elle est une belle statue, un automate. Je ne sais pas ce que c'est qu'un automate ; mais je croyais qu'une statue était de pierre ou de bois : d'ailleurs, je croyais qu'on ne pouvait pas vivre sans âme ; cependant il dit que miladi Loucy n'en a point. Ces deux dames ont ri ; et après cela, elles m'ont dit qu'une femme étai aimable quand elle avait de l'esprit, et qu'on appelait les sottes, des statues ou des automates, parce qu'un automate était une machine qui marchait, jouait de la flûte, et faisait plusieurs autres choses, quoiqu'il ne fût qu'une statue, faite d'un morceau de bois, qui n'avait point d'âme, et qui ne pensait pas ; et que ces sottes parlaient, marchaient, et faisaient tout sans penser, comme l'automate. Ah ! mesdames, leur ai-je dit, enseignez-moi comment il faut faire pour apprendre à penser, je serais bien fâchée d'être automate. Où avez-vous pris votre esprit, qui vous rend aimables, malgré votre visage ? Nous l'avons pris dans les livres, m'ont-elles répondu en nous appliquant à nos leçons, quand nous étions jeunes. Depuis ce temps, j'ai tout quitté pour travailler à acquérir de l'esprit, et j'en ai déjà beaucoup, car tout le monde le dit ; mais j'en veux avoir encore davantage, et pour cela, je lis toute la journée.

LADI BABIOLE.

Je vous prie, dites-moi, ma chère, à quoi cela est-il bon, d'avoir tant d'esprit ?

LADI SPIRITUELLE.

A quoi cela est bon ! à mille choses. L'année passée je m'ennuyais à l'assemblée de papa, on me traitait comme une petite fille : à présent tout le monde me parle, et je parle, aussi ; on dit à tout moment que j'ai de l'esprit comme un ange. L'autre jour je fus chez milord C.... qui a beaucoup de tableaux ; il y avait plusieurs dames qui demandaient ce qu'ils signifiaient ; je me mis à rire ; et milord, qui sait que j'ai lu des Métamorphoses, me demanda si je connaissais les sujets de ces tableaux ; je les expliquai tous ; on m'admira, et c'est un grand plaisir d'être louée, admirée. Et puis j'ai le plaisir de me moquer des ignorantes, et de rire des bêtises qu'elles disent à tous momens : cela m'amuse beaucoup mieux qu'une poupée.

LADI BABIOLE.

Hé bien, madame, j'aime mieux être ignorante que méchante. Si l'esprit ne sert qu'à se moquer des autres, je ne me soucie pas d'en avoir. Qu'en pensez-vous, ladi Sensée ! On dit que vous étudiez beaucoup ; est-ce aussi pour vous moquer de celles qui, comme moi, n'ont point d'esprit ?

LADI SENSEE.

Non, ma chère ; j'étudie parce que cela m'amuse et m'instruit, et j'espère que cela me rendra bonne quand je serai grande.

LADI SPIRITUELLE.

Puisque l'étude vous divertit, pourquoi gardez-vous encore des poupées ?

LADI SENSÉE.

Pour amuser mes bonnes amies ; je suis si contente quand je puis leur faire plaisir !

LADI BABIOLE.

Je vous suis bien obligée, ma chère ; gardez votre poupée pour moi, et quand je n'aimerai plus à jouer, je viendrai étudier avec vous pour apprendre à être bonne ; car vous l'êtes beaucoup.

LADI SENSÉE.

Si vous voulez, mesdames, nous passerons dans la chambre de mademoiselle Bonne, ma gouvernante : elle nous attend pour prendre le thé avec elle.

2ᶜ DIALOGUE,

ENTRE LADI SPIRITUELLE ET LADI SENSEE,

LADI SPIRITUELLE.

JE suis bien fâchée, ma bonne amie, et je viens vous conter le sujet de mon chagrin.

LADI SENSÉE.

Qu'avez-vous ma chère? On dirait que vous avez pleuré : vous avez les yeux rouges.

LADI SPIRITUELLE.

J'ai pleuré toute la matinee, et j'en ai encore grande envie. Je vous disais l'autre jour que je lisais beaucoup pour avoir de l'esprit et me faire louer : hé bien ! je ne veux plus lire ; je veux jeter mes livres et mes cartes de géographie dans le feu.

LADI SENSÉE.

Donnez-les moi plutòt, ma chère; mais dites-moi donc, pourquoi ne les aimez-vous plus ?

LADI SPIRITUELLE.

Je vais vous conter ce qui m'est arrivé ce matin : vous verrez que j'ai raison d'être fâchée contre mon esprit et contre mes livres qui me l'ont donné.

Milord B..... et son frère sont venus déjeûner chez nous. Ils étaient dans la salle, en attendant papa qui lisait des lettres. Aussitôt que j'ai su que milord était en bas, je me suis empressée de descendre, parce que j'aime beaucoup à être avec lui: il me dit toujours que je suis aimable, spirituelle, savante, et mille autres jolies choses. Quand j'ai été près de la porte, j'ai entendu qu'il parlait de moi, et je me suis arrêtée pour l'écouter. Le traître ! ah, ma chère ! je ne puis m'empêcher de pleurer encore, quand je pense à ce qu'il disait de moi. C'est un

1..

mauvais esprit, une petite personne qui sera la peste
de la société ; dire que je serai la peste ! entendez-
vous, ma chère ? c'est la plus vilaine chose du monde.
Il disait encore que j'ai de l'orgueil comme un démon;
que je suis railleuse, moqueuse; qu'il vaudrait mieux
que je fusse bien ignorante que de continuer à
m'instruire, parce que cela achéverait de me gâter,
en augmentant ma vanité. Ensuite il a parlé de vous.
Elle est bien aimable, a-t-il dit ; elle parle peu, mais
tout ce qu'elle dit est à propos : je donnerais toutes
choses au monde pour avoir un enfant de son caractère. Il allait encore dire quelque chose, mais il a
entendu monter papa et s'est tû ; et moi je me suis
sauvée dans ma chambre pour pleurer. On m'a appelée pour déjeûner, mais j'ai dit que j'avais la
colique, pour ne pas voir ce vilain homme, qui dit
d'une façon et qui pense de l'autre. Après dîner
j'ai demandé à maman la permission de venir vous
voir, pour vous dire tout cela, et vous demander
comment vous faites, pour avoir de l'esprit sans être,
une peste, une orgueilleuse.

LADI SENSÉE.

En vérité, ma chère, je ne sais que vous dire, je
crois pourtant, si je suis bonne, que j'en ai l'obligation à ma gouvernante. Elle me dit toujours qu'il y
a deux sortes d'esprits : l'un qui ne sert qu'à nous
faire haïr et mépriser de tout le monde, l'autre qui
rend aimable, douce, vertueuse, et qui engage les
personnes qui nous connaissent à dire du bien de
nous, et quand j'ai le mauvais esprit, elle me corrige.

LADI SPIRITUELLE.

Apparemment que j'ai le mauvais esprit; qu'en
pensez-vous, ma chère? Vous ne voulez pas me répondre ; ne craignez point de me fâcher, je vous aime
trop pour cela.

LADI SENSÉE.

Puisque vous le voulez, je vous dirai ce que je
pense ; vous avez dans le bon esprit, mais ce n'est

pas votre faute , personne ne vous a jamais appris qu'il y en avait deux , et je suis sûre que vous vous corrigerez , quand on vous aura dit comment il faut faire pour cela.

LADI SPIRITUELLE.

Vous êtes bien bonne de m'excuser, je vous assure que vous avez raison; je veux me corriger ; mais j'ai peur de ne pouvoir y réussir. Si vous vouliez prier votre gouvernante de m'apprendre comment je dois faire, je vous aurais bien de l'obligation.

LADI SENSÉE.

Je suis sûre qu'elle le fera avec beaucoup de plaisir. Elle n'est jamais si contente que lorsqu'elle trouve les jeunes dames de bonne volonté qui veulent devenir habiles et vertueuses ; elle a déjà engagé quelques-unes de mes amies à venir passer l'après-dînée avec moi, trois fois la semaine, pour nous instruire en nous amusant. Je lui dirai que vous souhaitez être de cette partie. Ne pensez-vous pas ainsi ?

LADI SPIRITUELLE.

De tout mon cœur ; vous n'aurez qu'à m'avertir quand vous voudrez commencer , je viendrai des premières.

3ᶜ DIALOGUE.

PREMIÈRE JOURNÉE.

MADEMOISELLE BONNE, LADI SENSÉE, LADI SPIRITUELLE
LADI MARY, LADI CHARLOTTE, MISS MOLLY.

LADY MARY.

Bonjour, mademoiselle Bonne : lady Sensée m'a dit que vous saviez les plus jolis contes du monde, et comme j'aime les contes à la folie, je viens vous prier de m'en dire un.

MADEMOISELLE BONNE.

Oui, ma chère, je sais de jolis contes, de belles histoires, et je vous en raconterai tant que vous voudrez.

LADY MARY.

Quelle différence y a-t-il d'un conte à une histoire ?

MADEMOISELLE BONNE.

Une histoire est une chose vraie, et un conte, c'est une chose fausse qu'on écrit, qu'on raconte, pour amuser les jeunes gens.

LADI MARY.

Mais ceux qui font des contes sont donc des menteurs, puisqu'ils disent des choses fausses.

MADEMOISELLE BONNE.

Non, ma chère ; mentir, c'est chercher à tromper. Or, comme ils avertissent que ce sont des contes, ils ne veulent tromper personne.

LADY MARY.

Je vous prie, dites-moi un conte et une histoire, afin que je juge quel sera le plus joli des deux.

MADEMOISELLE BONNE.

Volontiers, madame, je vous donnerai une belle histoire pour livre, et vous l'apprendrez par cœur, et je vous raconterai un joli conte.

LADI CHARLOTTE.

Et moi, ma bonne, est-ce que vous ne me donnerez rien à lire ?

MADEMOISELLE BONNE.

Pardonnez - moi, mes bons enfans, vous aurez chacune une histoire, comme de grandes filles; mais auparavant, je veux dire à ladi Mary le conte que je lui ai promis; écoutez bien :

LE PRINCE CHERI, CONTE.

Il y avait une fois un roi qui était si honnête homme, que ses sujets l'appelaient le *Roi Bon*. Un jour qu'il était à la chasse, un petit lapin blanc, que les chiens allaient tuer, se jeta dans ses bras. Le roi caressa ce petit lapin, et dit : Puisqu'il s'est mis sous ma protection, je ne veux pas qu'on lui fasse du mal. Il porta ce petit lapin dans son palais, et lui fit donner une jolie petite maison, et de bonnes herbes à manger. La nuit, quand il fut seul dans sa chambre, il vit paraître une belle dame : elle n'avait point d'habits d'or et d'argent, mais sa robe était blanche comme de la neige, et au lieu de coiffure, elle avait une couronne de roses blanches sur sa tête. Le bon roi fut bien étonné de voir cette dame; car sa porte était fermée, et il ne savait pas comment elle était entrée. Elle lui dit : Je suis la fée Candide; je passais dans le bois, lorsque vous chassiez, et j'ai voulu savoir si vous étiez bon comme tout le monde le dit. Pour cela, j'ai pris la figure d'un petit lapin, et je me suis sauvée dans vos bras :

car je sais que ceux qui ont de la pitié pour les bêtes en ont encore plus pour les hommes ; et, si vous m'aviez refusé votre secours, j'aurais cru que vous étiez méchant. Je viens vous remercier du bien que vous m'avez fait , et vous assurer que je serai toujours de vos amies. Vous n'avez qu'à me demander tout ce que vous voudrez, je vous promets de vous l'accorder.

Madame, dit le bon roi, puisque vous êtes une fée , vous devez savoir tout ce que je souhaite, je n'ai qu'un fils que j'aime beaucoup , et pour cela on l'a nommé le prince Chéri : si vous avez quelque bonté pour moi, devenez l'amie de mon fils. De bon cœur, lui dit la fée ; je puis rendre votre fils le plus beau prince du monde , ou le plus riche , ou le plus puissant; choisissez ce que vous voudrez pour lui. Je ne désire rien de tout cela pour mon fils, répondit le bon roi, mais je vous serai bien obligé, si vous voulez le rendre le meilleur de tous les princes. Que lui servirait-il d'être beau , riche , d'avoir tous les royaumes du monde, s'il était méchant? Vous savez bien qu'il serait malheureux, et qu'il n'y a que la vertu qui puisse le rendre content. Vous avez bien raison , lui dit Candide ; mais il n'est pas en mon pouvoir de rendre le prince Chéri honnête homme malgré lui ; il faut qu'il travaille lui-même à devenir vertueux. Tout ce que je puis vous promettre, c'est de lui donner de bons conseils, de le reprendre de ses fautes , et de le punir, s'il ne veut pas se corriger et se punir lui-même.

Le bon roi fut fort content de cette promesse, et il mourut quelques temps après. Le prince Chéri pleura beaucoup son père, car il l'aimait de tout son cœur, et il aurait donné tous ses royaumes, son or et son argent, pour le sauver, si ces choses étaient capables de changer l'ordre du destin. Deux jours après la mort du bon roi, Chéri étant couché, Candide lui apparut. J'ai promis à votre père , lui dit-elle, d'être de vos amies, et pour tenir ma parole, je viens vous faire un présent. En même temps, elle mit au doigt de Chéri une petite bague d'or , et lui dit : Gardez bien cette bague, elle est plus précieuse que les diamans : toutes les fois que vous

ferez une mauvaise action ; elle vous piquera le doigt:
mais si , malgré sa piqûre, vous continuez cette mauvaise action, vous perdrez mon amitié, et je de-
viendrai votre ennemie. En finissant ces paroles,
Candide disparut, et laissa Chéri bien étonné. Il fut
quelque temps si sage , que la bague ne le piquait
point du tout ; et cela le rendait si content, qu'on
ajouta au nom de *Chéri* qu'il portait celui d'*Heureux*.
Quelque temps après il fut à la chasse, et il ne prit
rien , ce qui le mit de mauvaise humeur ; il lui
sembla alors que sa bague lui pressait un peu le
doigt ; mais, comme elle ne le piquait pas , il n'y fit
pas beaucoup d'attention. En rentrant dans sa chambre , sa petite chienne, Bibi, vint à lui en sautant,
pour le caresser ; il lui dit : Retire-toi, je ne suis
plus d'humeur de recevoir tes caresses. La pauvre pe
tite chienne, qui ne l'entendait pas , le tirait pa.
son habit, pour l'obliger au moins à la regarder :
cela impatienta Chéri , qui lui donna un grand
coup de pied. Dans le moment la bague le piqua ,
comme si ç'eût été une épingle ; il fut bien étonné, et
s'assit tout honteux dans un coin de sa chambre. Il
disait en lui-même, je crois que la fée se moque de
moi ; quel grand mal ai-je fait, pour donner un coup
de pied à un animal qui m'importune ? A quoi me sert
d'être maître d'un grand empire, puisque je n'ai pas la
liberté de battre mon chien.

Je ne me moque pas de vous, dit une voix qui répondait à la pensée de Chéri : vous avez fait trois
fautes au lieu d'une. Vous avez été de mauvaise
humeur, parce que vous n'aimez pas à être contredit, et que vous croyez que les bêtes et les hommes sont faits pour vous obéir. Vous vous êtes mis
en colère, ce qui est fort mal ; et puis vous avez été
cruel envers un pauvre animal qui ne méritait pas
d'être maltraité. Je sais que vous êtes beaucoup au-
dessus d'un chien ; mais si c'était une chose raisonnable et permise que les grands pussent maltraiter tous
ce qui est au-dessous d'eux, je pourrais en ce moment
vous battre, vous tuer, puisqu'une fée est plus qu'un
homme. L'avantage d'être maître d'un grand empire
ne consiste pas à pouvoir faire le mal qu'on veut,

mais tout le bien qu'on peut. Chéri avoua sa faute, et promit de se corriger, mais il ne tint pas parole.

Il avait été élevé par une sotte nourrice, qui l'avait gâté quand il était petit; s'il voulait avoir une chose, il n'avait qu'à pleurer, se dépiter, frapper du pied, cette femme lui donnait tout ce qu'il demandait; et cela l'avait rendu opiniâtre. Elle lui disait aussi, depuis le matin jusqu'au soir, qu'il serait roi un jour, et que les rois étaient fort heureux parce que tous les hommes devaient leur obéir, les respecter, et qu'on ne pouvait pas les empêcher de faire ce qu'ils voulaient. Quand Chéri avait été grand garçon et raisonnable, il avait bien connu qu'il n'y avait rien de si vilain que d'être fier, orgueilleux, opiniâtre. Il avait fait quelques efforts pour se corriger; mais il avait pris la mauvaise habitude de tous ces défauts; et une mauvaise habitude est bien difficile a détruire. Ce n'est pas qu'il eût naturellement le cœur méchant. Il pleurait de dépit quand il avait fait une faute, et il disait : Je suis bien malheureux d'avoir à combattre tous les jours contre ma colère et mon orgueil; si on m'avait corrigé quand j'étais jeune, je n'aurais pas tant de peine aujourd'hui. Sa bague le piquait bien souvent; quelquefois il s'arrêtait tout court; d'autres fois il continuait; et ce qu'il y avait de singulier, c'est qu'elle ne piquait qu'un peu pour une légère faute; mais quand il était méchant, le sang sortait de son doigt. A la fin cela l'impatienta, et voulant être mauvais tout à son aise, il jeta sa bague. Il se crut le plus heureux de tous les hommes, quand il se vit débarassé de ses piqûres; il s'abandonna a toutes les sottises qui lui venaient dans l'esprit, en sorte qu'il devint très-méchant, et que personne ne pouvait plus le souffrir.

Un jour que Chéri était à la promenade, il vit une fille qui était si belle, qu'il résolut de l'épouser. Elle se nommait Zélie, et elle était aussi sage que belle. Chéri crut que Zélie se croirait fort heureuse de devenir une grande reine; mais cette fille lui dit avec beaucoup de liberté : Sire, je ne suis qu'une bergère, je n'ai point de fortune, mais malgré cela, je ne vous épouserai jamais. Est ce que je vous déplais ? lui demanda Chéri, un peu ému. Non, mon prince, lui répondit Zélie. Je vous trouve tel que vous êtes, c'est-à-dire fort beau ; mais que me serviraient votre beauté, vos richesses, les beaux habits, les carrosses magnifiques que vous me donneriez, si les mauvaises actions que je vous verrais faire chaque jour me forçaient à vous mépriser et à vous haïr ? Chéri se mit fort en colère contre Zélie, et commanda à ses officiers de la conduire de force dans son palais. Il fut occupé toute la journée du mépris que cette fille lui avait montré ; mais comme il l'aimait, il ne pouvait se résoudre à la maltraiter. Parmi les favoris de Chéri, il y avait son frère de lait, auquel il avait donné toute sa confiance ; cet homme, qui avait les inclinations aussi basses que sa naissance, flattait les passions de son maître, et lui donnait de fort mauvais conseils.

Comme il vit Chéri fort triste, il lui demanda le sujet de son chagrin : le prince lui ayant répondu qu'il ne pouvait souffrir le mépris de Zélie, et qu'il était résolu de se corriger de ses défauts, puisqu'il fallait être vertueux pour lui plaire, ce méchant homme lui dit : Vous êtes bien bon de vouloir vous gêner pour une petite fille ; si j'étais à votre place, ajouta-t-il, je la forcerais de m'obéir. Souvenez-vous que vous êtes roi, et qu'il serait honteux de vous soumettre aux volontés d'une bergère qui serait trop heureuse d'être reçue parmi vos esclaves. Faites-la jeûner au pain et à l'eau ; mettez-la dans une prison ; et si elle continue à ne vouloir pas vous épouser, faites-la mourir dans les tourmens, pour apprendre aux autres à céder à vos volontés. Vous serez déshonoré, si l'on sait qu'une simple fille vous résiste, et tous vos sujets oublieront qu'ils ne sont au monde que pour vous servir. Mais, dit Chéri, ne serai-je pas déshonoré si je fais mourir une innocente ? car enfin Zélie n'est coupable d'aucun crime.

On n'est point innocent quand on refuse d'exécuter vos volontés, reprit le confident ; mais je suppose que vous commettiez une injustice, il vaut bien mieux qu'on vous en accuse que d'apprendre qu'il est

quelquefois permis de vous manquer de respect et
de vous contredire. Le courtisan prenait Chéri par
son faible; et la crainte de voir diminuer son auto-
rité fit tant d'impression sur le roi, qu'il étouffa le
bon mouvement qui lui avait donné envie de se corriger.

Il résolut d'aller le soir même dans la chambre de
la bergère, et la maltraiter, si elle continuait de refuser de l'épouser. Le frère de lait de Chéri, qui craignait encore quelque bon mouvement, rassembla trois
jeunes seigneurs aussi méchans que lui pour faire la
débauche avec le roi : ils soupèrent ensemble, et ils
eurent soin d'achever de troubler la raison de ce pauvre prince, en le faisant boire beaucoup. Pendant le
souper, ils excitèrent sa colère contre Zélie, et lui
firent tant de honte de la faiblesse qu'il avait eu
pour elle, qu'il se leva comme un furieux, en jurant
qu'il allait la faire obéir, ou qu'il la ferait vendre le
lendemain comme une esclave.

Chéri étant entré dans la chambre où était cette
fille, fut bien surpris de ne la pas trouver, car il avait
la clef dans sa poche; il était dans une colère épouvantable, et jurait de se venger sur tous ceux qu'il
soupçonnerait d'avoir aidé Zélie à s'échapper. Ses confidens, l'entendant parler ainsi, résolurent de profiter de sa colère pour perdre un seigneur qui avait
été gouverneur de Chéri. Cet honnête homme avait
pris quelquefois la liberté d'avertir le roi de ses défauts;
car il l'aimait comme si c'eût été son fils. D'abord Chéri
le remercia ; ensuite il s'impatienta d'être contredit,
et puis il pensa que c'était par esprit de contradiction
que son gouverneur lui trouvait des défauts pendant
que tout le monde lui donnait des louanges. Il lui
commanda donc de se retirer de la cour; mais, malgré
cet ordre, il disait de temps en temps que c'était un
honnête homme ; qu'il ne l'aimait plus, mais qu'il
l'estimait malgré lui-même. Les confidens craigna·ent
toujours qu'il ne prît fantaisie au roi de rappeler son
gouverneur, et ils crurent avoir trouvé une occasion
favorable pour l'éloigner. Ils firent entendre au roi que
Suliman (c'était le nom de ce digne homme) s'était
vanté de rendre la liberté à Zélie ; trois hommes

corrompus par des présens dirent qu'ils avaient ouï
dire ce discours à Suliman ; et le prince transporté de
colère, commanda à son frère de lait d'envoyer des
soldats pour lui amener son gouverneur enchaîné
comme un criminel. Après avoir donné ses ordres,
Chéri se retira dans sa chambre : mais à peine y
fut-il entré que la terre trembla, il fit un grand
coup de tonnerre, et Candide parut à ses yeux. J'a-
vais promis à votre père, lui dit-elle d'un ton sévère,
de vous donner des conseils et de vous punir si vous
refusiez de les suivre ; vous les avez méprisés ces
conseils ; vous n'avez conservé que la figure d'homme,
et vos crimes vous ont changé en un monstre, l'horreur
du ciel et de la terre. Il est temps que j'achève de satis-
faire à ma promesse, en vous punissant. Je vous
condamne à devenir semblable aux bêtes dont vous
avez pris les inclinations. Vous vous êtes rendu semblable au lion, par la colère ; au loup, par la gourmandise ; au serpent, en déchirant celui qui avait été
votre second père ; au taureau, par votre brutalité.
Portez dans votre nouvelle figure le caractère de tous
ces animaux.

À peine la fée avait-elle achevé ces paroles, que Chéri
se vit avec horreur tel qu'elle l'avait souhaité. Il
avait la tête d'un lion, les cornes du taureau, les pieds
d'un loup, et la queue d'une vipère. En même temps
il se trouva dans une grande forêt, sur le bord d'une
fontaine, où il vit son horrible figure, et il entendit
une voix qui lui dit : Regarde attentivement l'état où
tu t'es réduit par tes crimes. Ton ame est devenue
mille fois plus affreuse que ton corps. Chéri reconnut
la voix de Candide, et, dans sa fureur, il se retourna
pour s'élancer sur elle et la dévorer, s'il lui eût été
possible ; mais il ne vit personne, et la même voix
lui dit : Je me moque de ta faiblesse et de ta rage ;
je vais confondre ton orgueil, en te mettant sous
la puissance de tes propres sujets.

Chéri crut qu'en s'éloignant de cette fontaine il
trouverait un remède à ses maux, puisqu'il n'aurait
point devant ses yeux sa laideur et sa difformité :
il s'avança donc dans les bois ; mais à peine y eut-il
fait quelques pas, qu'il tomba dans un trou qu'on

avait fait pour prendre les ours ; en même temps
des chasseurs qui étaient cachés sur des arbres
descendirent , et l'ayant enchaîné, le conduisirent
dans la ville capitale de son royaume. Pendant le
chemin, au lieu de reconnaître qu'il s'était attiré ce
châtiment par sa faute, il maudissait la fée, mordait
ses chaînes, et s'abandonnait à la rage. Lorsqu'il approcha de la ville où on le conduisit, il vit de grandes
réjouissances , et les chasseurs ayant demandé ce qui
était arrivé de nouveau, on leur dit que le prince Chéri,
qui ne se plaisait qu'à tourmenter son peuple, avait été
écrasé dans sa chambre par un coup de tonnerre , car
on le croyait ainsi. Les dieux, ajoutait-on, n'ont pu
supporter l'excès de ses méchancetés, ils en ont délivré
la terre. Quatre seigneurs, complices de ses crimes,
croyaient en profiter et partager son empire entre eux,
mais le peuple, qui savait que c'étaient leurs mauvais
conseils qui avaient gâté le roi , les a mis en pièces, et
a été offrir la couronne à Suliman, que le méchant
Chéri voulait faire mourir. Ce digne seigneur vient
d'être couronné , et nous célébrons ce jour comme
celui de la délivrance du royaume; car il est vertueux,
et va ramener parmi nous la paix et l'abondance.

Chéri soupirait de rage en écoutant ce discours,
mais ce fut bien pis, lorsqu'il arriva dans la grande
place qui était devant son palais; il vit Suliman sur
un trône superbe, et tout le peuple qui lui souhaitait
une longue vie , pour réparer tous les maux qu'avait
faits son prédécesseur. Suliman fit signe de la main
pour demander le silence, et il dit au peuple : J'ai ac-
cepté la couronne que vous m'avez offerte , mais
c'est pour la conserver au prince Chéri; il n'est
point mort comme vous le croyez, une fée me l'a
révélé ; et peut-être qu'un jour vous le reverrez
vertueux comme il était dans ses premières années.
Hélas ! continua-t-il en versant des larmes , les
flatteurs l'avaient séduit ; je connaissais son cœur ,
il était fait pour la vertu; et, sans les discours em-
poisonnés de ceux qui l'approchaient, il eût été notre
père à tous ; détestez ses vices, mais plaignez-le, et
prions tous ensemble les dieux qu'ils nous le rendent :
pour moi, je m'estimerais trop heureux d'arroser ce

trône de mon sang, si je pouvais l'y voir remonter
avec des dispositions propres à le lui faire remplir
dignement.

Les paroles de Suliman allèrent jusqu'au cœur de
Chéri. Il connut alors combien l'attachement et la
fidélité de cet homme avaient été sincères, et il se re-
procha ses crimes pour la première fois. A peine
eut-il écouté ce bon mouvement, qu'il sentit calmer
la rage dont il était animé; il réfléchit sur tous les crimes de sa vie, et trouva qu'il n'était pas puni aussi ri-
goureusement qu'il l'avait mérité. Il cessa donc de se
débattre dans sa cage de fer, où il était enchaîné, et
devint doux comme un mouton. On le conduisit dans
une grande maison (1) où l'on gardait tous les monstres
et les bêtes féroces, et on l'attacha avec les autres.

Chéri prit alors la résolution de commencer à réparer ses fautes en se montrant bien obéissant à
l'homme qui le gardait. Cet homme était un brutal;
et quoique le monstre fût fort doux, quand il était
de mauvaise humeur, il le battait sans rime ni raison. Un jour que cet homme s'était endormi, un tigre,
qui avait rompu sa chaîne, se jeta sur lui pour le
dévorer : d'abord Chéri sentit un mouvement de joie,
de voir qu'il allait être délivré de son persécuteur,
mais aussitôt il condamna ce mouvement, et souhai-
ta d'être libre. Je rendrais, dit-il, le bien pour le
mal, en sauvant la vie de ce malheureux. A peine
eut-il formé ce souhait, qu'il vit sa cage de fer ouverte : il s'élança aux côtés de cet homme qui s'était
réveillé, et qui se défendait contre le tigre. Le gardien se crut perdu lorsqu'il vit le monstre : mais sa
crainte fut bientôt changée en joie : ce monstre bien-
faisant se jeta sur le tigre, l'étrangla, et se coucha
ensuite aux pieds de celui qu'il venait de sauver. Cet
homme pénétré de reconnaissance, voulut se baisser
pour caresser le monstre qui lui avait rendu un si
grand service : mais il entendit une voix qui lui
disait : *Une bonne action ne demeure jamais sans récompense*; et en même temps il ne vit plus qu'un
joli chien à ses pieds. Chéri, charmé de sa métamor-

(1) Ménagerie.

phose , fit mille caresses à son gardien, qui le mit
entre ses bras et le porta au roi, auquel il raconta
cette merveille. La reine voulut avoir le chien ; et
Chéri se fut trouvé heureux dans sa nouvelle condition, s'il eût pu oublier qu'il était homme et roi. La
reine l'accablait de caresses ; mais, dans la peur
qu'elle avait qu'il ne devint plus grand qu'il n'était ,
elle consulta ses médecins , qui lui dirent qu'il ne
fallait le nourrir que de pain, et ne lui en donner qu'une
certaine quantité. Le pauvre Chéri mourait de faim
la moitié de la journée, mais il fallait prendre patience.

Un jour qu'on venait de lui donner son petit pain
pour déjeuner , il lui prit fantaisie d'aller le manger
dans le jardin du palais ; il le prit dans sa gueule, et
marcha vers un canal qu'il connaissait , et qui était
un peu éloigné ; mais il ne trouva plus ce canal , et
vit à la place une grande maison dont les dehors
brillaient d'or et de pierreries. Il y voyait entrer
une grande quantité d'hommes et de femmes magnifiquement habillées ; on chantait , on dansait dans cette
maison, on y faisait bonne chère ; mais tous ceux qui
en sortaient étaient pâles , maigres , couverts de
plaies, et presque tout nus ; car leurs habits étaient
déchirés par lambeaux. Quelques-uns tombaient morts
en sortant, sans avoir la force de se traîner plus loin ;
d'autres s'éloignaient avec beaucoup de peine ; d'autres restaient couchés contre terre, mourant de faim ,
ils demandaient un morceau de pain à ceux qui
entraient dans cette maison, mais ceux-ci ne les
regardaient seulement pas. Chéri s'approcha d'une
jeune fille qui tâchait d'arracher des herbes pour les
manger. Touché de compassion, le prince dit en lui-
même : J'ai bon appétit, mais je ne mourrai pas de
faim jusqu'au temps de mon dîner, si je sacrifiais
mon déjeûner à cette pauvre créature, peut-être lui
sauverais-je la vie. Il résolut de suivre ce bon mouvement , et mit son pain dans la main de cette fille ,
qui le porta à sa bouche avec avidité. Elle parut bientôt
entièrement remise ; et Chéri, ravi de joie de l'avoir
secourue si à propos, pensait retourner au palais,
lorsqu'il entendit de grands cris : c'était Zélie entre
les mains de quatre hommes qui l'entraînaient vers

cette belle maison où ils la forcèrent d'entrer. Chér[i] regretta alors sa figure de monstre, qui lui aurait donné les moyens de secourir Zélie; mais faible chien, il ne put qu'aboyer contre ses ravisseurs, et s'efforça de les suivre. On le chassa à coups de pieds, et il résolut de ne point quitter ce lieu, pour savoir ce que deviendrait Zélie. Il se reprochait les malheurs de cette belle fille. Hélas! disait-il en lui-même, je suis irrité contre ceux qui l'enlèvent, n'ai-je pas commis le même crime? et si la justice des dieux n'avait prévenu mon attentat, ne l'aurais-je pas traitée avec autant d'indignité?

Les réflexions de Chéri furent interrompues par un bruit qui se faisait au-dessus de sa tête. Il vit qu'on ouvrait une fenêtre, et sa joie fut extrême lorsqu'il aperçut Zélie qui jetait par cette fenêtre un plat de viandes si bien apprêtées qu'elles donnaient appétit à voir. On referma la fenêtre aussitôt, et Chéri, qui n'avait pas mangé de toute la journée, crut qu'il pouvait profiter de l'occasion. Il allait donc manger de ces viandes, lorsque la jeune fille à laquelle il avait donné son pain jeta un cri, et l'ayant pris dans ses bras : Pauvre petit animal, lui dit-elle, ne touche point à ces viandes; cette maison est le palais de la volupté, tout ce qui en sort est empoisonné. En même temps Chéri entendit une voix qui disait : T vois qu'une bonne action ne demeure point sans récompense; et aussitôt il fut changé en un beau petit pigeon blanc. Il se souvint que cette couleur était celle de Candide, et commença à espérer qu'elle pourrait enfin lui rendre ses bonnes grâces. Il voulut d'abord s'approcher de Zélie, et, s'étant élevé en l'air, il vola tout autour de la maison, et vit avec joie qu'il y avait une fenêtre ouverte, mais il eut beau parcourir toute la maison, il n'y trouva point Zélie, et, désespéré de sa perte, il résolut de ne point s'arrêter qu'il ne l'eût rencontrée. Il vola pendant plusieurs jours, et étant entré dans un désert, il vit une caverne de laquelle il s'approcha : quelle fut sa joie! Zélie y était assise à côté d'un vénérable ermite, et prenait un frugal repas. Chéri, transporté, vola sur l'épaule de cette charmante bergère, et exprimait par ses caresses le plaisir qu'il avait de la revoir. Zélie, charmée de la douceur de ce petit animal, le flattait doucement avec la main ; et quoiqu'elle crût qu'il ne pouvait l'entendre, elle lui dit qu'elle acceptait le don qu'il lui faisait de lui-même, et qu'elle l'aimerait toujours. Qu'avez-vous fait, Zélie? lui dit l'ermite, vous venez d'engager votre foi. Oui, charmante bergère, lui dit Chéri, qui reprit à ce moment sa forme naturelle, la fin de ma métamorphose était attachée au consentement que vous donneriez à notre union. Vous m'avez promis de m'aimer toujours, confirmez mon bonheur, ou je vais conjurer la fée Candide, ma protectrice, de me rendre la figure sous laquelle j'ai eu le bonheur de vous plaire. Vous n'avez point à craindre son inconstance, lui dit Candide, qui, quittant la forme de l'ermite sous laquelle elle était cachée, parut à leurs yeux telle qu'elle était en effet. Zélie vous aima aussitôt qu'elle vous vit, mais vos vices la contraignirent à vous cacher le penchant que vous lui aviez inspiré. Le changement de votre cœur lui donne la liberté de se livrer à toute sa tendresse. Vous allez vivre heureux, puisque votre union sera fondée sur la vertu.

Chéri et Zélie s'étaient jetés aux pieds de Candide. Ce prince ne pouvait se lasser de la remercier de ses bontés, et Zélie, enchantée d'apprendre que le prince détestait ses égaremens, lui confirmait l'aveu de sa tendresse. Levez-vous, mes enfans, leur dit la fée, je vais vous transporter dans votre palais, pour rendre à Chéri une couronne de laquelle ses vices l'avaient rendu indigne. A peine eut-elle cessé de parler, qu'ils se trouvèrent dans la chambre de Suliman qui, charmé de revoir son cher maître devenu vertueux, lui abandonna le trône et resta le plus fidèle de ses sujets. Chéri régna long-temps avec Zélie ; on dit qu'il s'appliqua tellement à ses devoirs, que la bague qu'il avait reprise ne le piqua pas une seule fois jusqu'au sang.

LADY MARY.

Ah ! mademoiselle Bonne, que ce petit conte est joli? Si j'étais à la place de ladi Sensée, je vous tourmenterais tous les jours, pour vous prier de m'en conter d'autres. Dites-moi, si j'apprends bien ma leçon, m'en direz-vous un autre une autrefois?

MADEMOISELLE BONNE.

Oui, ma chère; mais dites-moi ce que vous avez trouvé de plus joli dans ce conte?

LADY MARY.

Tout, ma bonne; mais j'aime beaucoup cette jolie bague qui empêchait Chéri de faire des sottises.

LADY SPIRITUELLE.

J'aurais besoin d'en avoir une pareille, j'aurais souvent le doigt piqué.

MADEMOISELLE BONNE.

J'aime votre franchise, ma chère; mais je veux vous apprendre une chose; nous avons tous une bague comme celle-là.

LADI SENSÉE.

Je gage que je devine, ma Bonne : n'est-ce pas notre conscience qui nous pique quand nous faisons des sottises ?

MADEMOISELLE BONNE.

Tout justement, ma chère.

LADI CHARLOTTE.

Vous verrez que c'est ma bague qui me dit souvent qu'il est vilain de battre du pied ; je fais tout comme Chéri quand il était petit, et ma nourrice est aussi sotte que la sienne ; car elle dit : Pourquoi faites-vous pleurer cette enfant ! donnez-lui ce qu'elle demande. Moi qui sais cela, je pleure trente fois par jour, mais je vous assure que je veux me corriger, de crainte de devenir une vilaine bête comme Chéri.

LADY MARY.

Est-ce qu'on devient un monstre et qu'on a des cornes, quand on est méchante ?

MADEMOISELLE BONNE.

Non, ma chère : votre corps restera tout comme il
est ; mais c'est votre ame qui deviendra laide et plus
abominable qu'un monstre, si vous n'êtes pas bonne
fille.

LADI CHARLOTTE.

J'ai bien envie d'être bonne ; mais souvent je suis
méchante malgré moi ; j'ai plutôt fait une sottise que
je n'y ai pensé ; je n'aime pas à être contredite, et
quand on résiste à ce que je veux, je deviens méchante, je bats ma servante, je dis des injures à mes
sœurs, je me moque de mes maîtres. Dites-moi, je
vous prie, comment il faut faire pour me corriger?

MADEMOISELLE BONNE.

Vous n'êtes point méchante malgré vous, ma chère;
car nous pouvons toujours être bonnes, si nous en
prenons les moyens, je vais vous les enseigner : premièrement il faut demander à Dieu tous les matins
et les soirs, dans vos prières, la grâce de vous corriger, car nous ne pouvons rien sans son secours; mais
il faut lui demander cette grâce de tout notre cœur, et
comme vous demandez à votre maman ce que vous
souhaitez le plus : secondement, il faut réparer vos
fautes, en demandant excuse à votre servante, en
priant vos sœurs de vous avertir, en leur demandant
pardon quand vous les avez offensées. Si vous voulez
tout de bon vous corriger, il faut écrire, tous les soirs,
toutes les mauvaises paroles que vous aurez dites ; et
cela vous rendra bien honteuse, j'en suis sûre; vous
penserez alors que le bon Dieu vous a vue faire toutes
ces sottises, qu'il vous les reprochera, et que, si vous
ne vous corrigez pas, il vous punira lui-même en
cette vie, ou après votre mort; vous savez bien cela,
ma chère.

LADI CHARLOTTE.

On me l'a dit, mais je n'y ai jamais fait attention.

MADEMOISELLE BONNE.

Je m'en doutais bien, car on n'est point méchante
quand on pense à tout cela. Pour vous en faire souve-

nir, mes enfans, Il faut vous instruire de la sainte Écriture; c'est un livre divin qui a été dicté par le Saint-Esprit; ainsi il faut le lire, l'apprendre et le répéter avec un profond respect; vous apprendrez, en lisant cette belle histoire, combien Dieu est grand et puissant; vous connaîtrez aussi combien il est bon, combien vous devez l'aimer, et combien vous devez craindre de l'offenser, puisqu'il punit sévèrement les méchans. Adieu, mesdames, j'espère que je continuerai d'être contente de votre application.

4e DIALOGUE.

SECONDE JOURNÉE.

MADEMOISELLE BONNE.

Bonjour, mesdames; mais d'où vient que vous n'avez pas amené ladi Babiole avec vous?

LADI SPIRITUELLE.

Elle dit qu'elle ne veut point venir, parce que les histoires et les contes l'ennuient.

MADEMOISELLE BONNE.

Vous voyez, mesdames, ce que c'est que la mauvaise habitude. Ladi Babiole s'est accoutumée à jouer toute la journée; tout ce qui n'est pas jeu l'ennuie, lui déplaît; elle sera une ignorante, une sotte toute sa vie, et, quoiqu'elle ait de bonnes dispositions, elle restera dans des conversations comme une imbécile. Ne suivez pas son mauvais exemple. Je suis sûre que lady Mary est bien plus sage, et qu'elle a lu sa leçon.

LADY MARY.

Je l'ai lue quatre fois, ma Bonne, et je l'ai racontée à papa et à maman; voulez-vous que je vous la dise?

MADEMOISELLE BONNE.

Oui, ma chère.

LADY MARY.

Il y a bien long-temps, bien long-temps qu'il n'y avait ni ciel, ni terre, ni hommes, ni animaux. Il n'y avait que Dieu; car il a toujours été. Le bon Dieu, mesdames, peu faire tout ce qu'il veut. S'il disait à ce moment, je veux qu'il y ait un jardin dans cette chambre, il y aurait un jardin. Hé bien ! tout d'un coup il dit qu'il voulait qu'il y eût le ciel, la terre, des arbres, des oiseaux, des poissons, des fleurs, etc.; à mesure qu'il disait, je veux cela, tout cela venait. Il fut cinq jours à faire ce que nous voyons, le sixième jour il prit de la terre et en fit un homme; mais, mesdames, cet homme ne parlait pas, il ne marchait pas, il était comme une statue. Dieu, pour le faire parler et marcher, lui donna une ame faite à son image, il l'appela Adam. Comme Adam se serait ennuyé tout seul, Dieu lui envoya une grande envie de dormir, et pendant qu'il dormait, il prit une de ses côtes et il en fit une grande femme comme maman. Cette femme, qui avait été faite avec la côte d'Adam, le bon Dieu la nomma Eve, et il la mit avec Adam dans un beau jardin, où il y avait toutes sortes de fruits, des figues, des prunes, des poires, des pêches, etc. Il y avait aussi dans ce jardin un pommier qui portait de belles pommes. Et Dieu dit à Adam et à Eve, vous pouvez manger de tous les fruits qui sont dans ce jardin, je vous les donne : mais je vous défends de toucher à ces pommes ; car si vous en mangez, vous mourrez. Le démon, qui est méchant, et qui avait désobéi au bon Dieu, fut jaloux d'Adam et d'Eve, et voulut les rendre méchans et malheureux comme lui : pour cela, il prit la figure d'un serpent, et dit à Eve qui se promenait toute seule : Pourquoi ne mangez-vous pas de ces pommes ? elles sont si belles ! Eve, au lieu de boucher ses oreilles ou de s'enfuir, s'amusa à parler avec le démon, et lui dit : Dieu nous a défendu de manger de ces pommes, et il nous a dit qu'il nous ferait mourir si nous y touchions. Il ne faut pas croire ce que dit Dieu, répondit le démon : il vous a défendu de toucher à ces pommes, parce qu'il sait que, si vous en mangez, vous serez aussi grands, aussi savans et aussi puissans que lui. Eve, qui avait envie d'être aussi savante que Dieu, fut assez sotte pour croire le démon. Elle prit une pomme pour elle et elle en donna une à Adam. Quand ils eurent mangé de ce malheureux fruit, ils virent bien qu'ils avaient fait une faute ; et, tout honteux , ils se cachèrent sous des arbres , comme si on pouvait se cacher du bon Dieu. Quelque temps après, Dieu appela Adam , et lui dit : Pourquoi avez vous été désobéissant ? Adam au lieu de reconnaître sa faute , et de demander pardon à Dieu, s'excusa, et dit : Seigneur, la femme que vous m'avez donnée m'a dit de manger de la pomme. Seigneur , dit Eve , c'est le serpent qui m'a conseillé d'en manger. Puisque vous êtes coupables tous les trois, vous serez punis tous les trois, dit le bon Dieu. Le serpent sera maudit, et la femme lui écrasera la tête. Eve sera obligée d'obéir à son mari. Pour Adam , il mourra aussi bien que sa femme, et il sera obligé de travailler s'il veut avoir du pain. Après cela, Dieu chassa Adam et Eve du beau jardin qu'on appelait le *paradis terrestre* ; et pour les empêcher d'y rentrer, il mit un ange à la porte avec une épée de feu.

MADEMOISELLE BONNE.

Venez que je vous embrasse , ma chère ladi Mary. Vous avez répété votre histoire comme une grande fille. Mais , dites, moi, je vous prie, est-ce seulement pour être savantes , que nous apprenons des histoires ?

LADI MARY.

Je ne sais pas , ma Bonne.

MADEMOISELLE BONNE.

Allons , ladi Sensée, dites à ces dames ce qu'il faut faire, quand on a appris ou entendu une histoire.

LADI SENSÉE.

Vous m'avez dit qu'il fallait examiner les sottises et les vertus de ceux dont on apprend les histoires, afin de ne pas faire les mêmes fautes et de pratiquer leurs vertus.

MADEMOISELLE BONNE.

C'est fort bien répondre, ma chère. Hé bien, miss Molly, quel profit voulez-vous tirer de cette histoire ?

MISS MOLLY.

Quand j'aurai fait une faute, je ne m'excuserai pas, et j'en demanderai pardon.

MADEMOISELLE BONNE.

C'est très-bien répondre. Et vous, ladi Charlotte ?

LADI CHARLOTTE.

Quand j'aurai envie d'être gourmande ou désobéissante, je penserai que le serpent est à côté de moi, qu'il me conseille ces choses ; et je lui dirai : Méchant, j'aime mieux obéir au bon Dieu qu'à toi.

MADEMOISELLE BONNE.

Vous êtes une bonne fille, de penser comme cela; et ladi Spirituelle, que pense-t-elle ?

LADI SPIRITUELLE.

Je pense qu'Eve était bien orgueilleuse de vouloir être aussi savante que Dieu. Je pense aussi qu'elle était bien gourmande. Si elle n'avait rien eu à manger, je lui aurais pardonné : mais elle avait tant d'autres choses. Il me semble, si j'avais été à sa place, que je n'aurais pas songé à ces vilaines pommes.

MADEMOISELLE BONNE.

Si notre conversation n'avait point été si longue, je vous conterais une jolie histoire, dont vous me faites souvenir ; ce sera pour tantôt.

LADI SPIRITUELLE.

Ah ! ma Bonne, je suis sûre que ces dames ne s'ennuient point de vous entendre : dites-nous cette histoire, je vous prie.

MADEMOISELLE BONNE.

Qu'en dites-vous ? mesdames.

TOUTÊS ENSEMBLE.

J'ai beaucoup d'envie de l'entendre.

MADEMOISELLE BONNE.

Un jour un roi qui était à la chasse, se perdit. Comme il cherchait le chemin, il entendit parler, et, s'étant approché de l'endroit d'où sortait la voix, il vit un homme et une femme qui travaillaient à couper du bois. La femme disait, comme ladl Spirituelle, il faut avouer que notre mère était bien gourmande, d'avoir mangé la pomme. Si elle avait obéi à Dieu, nous n'aurions pas la peine de travailler tous les jours. L'homme lui répondit : si Eve était une gourmande, Adam était bien sot de faire ce qu'elle lui disait. Si j'avais été à sa place, et que vous m'eussiez voulu faire manger de ces pommes, je vous aurais donné un bon soufflet, et je n'aurais pas voulu seulement vous écouter. Le roi s'approcha, et leur dit : Vous avez donc bien de la peine, mes pauvres gens. Oui, monsieur, répondirent-ils, (car ils ne savaient pas que c'était le roi); nous travaillons comme des chevaux depuis le matin jusqu'au soir, et encore nous avons bien de la peine à vivre. Venez avec moi, leur dit le roi, je vous nourrirai sans travailler. Dans ce moment, les officiers, qui cherchaient le roi, arrivèrent ; et les pauvres gens furent bien étonnés et bien joyeux. Quand ils furent dans le palais, le roi leur fit donner de beaux habits, un carrosse, des laquais ; et tous les jours ils avaient douze plats pour leur dîner. Au bout d'un mois, on leur servit vingt-quatre plats ; mais dans le milieu de la table, on en mit un qui était fermé. D'abord la femme, qui était curieuse, voulut ouvrir ce plat ; mais un officier qui était présent lui dit que le roi leur défendait d'y toucher, et qu'il ne voulait pas qu'ils vissent ce qui était dedans. Quand les domestiques furent sortis, le mari s'aperçut que sa femme ne mangeait pas ; et qu'elle était triste ; il lui demanda ce qu'elle avait, elle lui répondit qu'elle ne se souciait pas de manger de toutes les bonnes choses qui étaient sur la table, mais qu'elle avait envie de ce qui était dans le plat couvert.

Vous êtes folle, lui dit son mari : ne vous a-t-on
pas dit que le roi nous le défendait : le roi est un
injuste, dit la femme ; s'il ne voulait pas que nous
vissions ce qui est dans ce plat, il ne fallait pas le faire
servir sur la table. En même temps elle se mit à pleurer, et dit qu'elle se tuerait, si son mari ne voulait
pas ouvrir le plat. Quand son mari la vit pleurer, il
fut bien fâché, et comme il l'aimait beaucoup, il
lui dit qu'il ferait tout ce qu'elle voudrait, pour qu'elle
ne se chagrinât pas. En même temps il ouvrit le plat,
et il en sortit une petite souris qui se sauva dans la
chambre. Ils coururent après elle pour la rattraper,
mais elle se cacha dans un petit trou, et aussitôt le
roi entra, qui demanda où était la souris.

Sire, dit le mari, ma femme m'a tourmenté pour
voir ce qui était dans le plat, je l'ai ouvert malgré
moi, et la souris s'est sauvée. Ah, ha ! dit le roi, vous
disiez que, si vous eussiez été à la place d'Adam,
vous eussiez donné un soufflet à Eve, pour lui apprendre à être curieuse et gourmande : il fallait vous
souvenir de vos promesses. Et vous, méchante femme, vous aviez toute sorte de bonnes choses, comme
Eve, et cela n'était pas assez ; vous vouliez manger
du plat que je vous ai défendu. Allez, malheureux,
retournez travailler dans le bois, et ne vous en prenez
plus à Adam et à sa femme du mal que vous aurez,
puisque vous vez fait une sottise pareille à celle dont
vous es accusiez.

LADI SPIRITUELLE.

Vous avez fait cette histoire exprès pour moi, ma
Bonne, j'en suis sûre.

MADEMOISELLE BONNE.

Non, ma chère, je l'ai lue quelque part : mais il
est vrai qu'elle vous convenait à merveille. Allons prendre le thé, mesdames ; ensuite miss Molly nous dira
son histoire.

MISS MOLLY.

Après qu'Adam et Eve furent sortis du paradis
terrestre, ils eurent deux fils. Ils nommèrent

l'aîné Caïn, et le plus jeune Abel. Caïn se fit jardinier, et Abel se fit berger, c'est-à-dire qu'il avait soin des petits moutons. Adam avait coutume d'offrir à Dieu une partie des choses qu'il avait, comme les premiers fruits, les premières fleurs, les premiers animaux. Ce n'est pas que le bon Dieu eût besoin de ces choses; mais Adam les lui offrait, pour se souvenir que tout ce qu'il avait, c'était Dieu qui le lui donnait. Caïn et Abel suivirent l'exemple de leur papa; mais Caïn ne donnait pas de bon cœur ce qu'il offrait à Dieu. S'il y avait une belle poire dans son jardin, il la gardait pour la manger, et il ne présentait à Dieu que celles dont il ne se souciait pas. Abel, au contraire, choisissait les moutons les plus gras et les plus beaux pour les offrir au Seigneur : aussi Dieu l'aimait-il davantage que son frère Caïn. Celui-ci devint jaloux; il était tout triste. Un jour le bon Dieu lui dit : Caïn, pourquoi êtes-vous triste? ne savez-vous pas que si vous faites bien, vous en recevrez la récompense, et que si vous faites mal, vous serez puni? C'était comme si Dieu lui eût dit : On ne doit avoir du chagrin que quand on est méchant, ainsi, au lieu d'être triste, devenez bon, et cela vous rendra content tout aussitôt. Caïn, au lieu de profiter des avis que Dieu avait la bonté de lui donner, dit à son frère Abel : Voulez-vous venir vous promener avec moi? Abel, qui croyait son frère aussi bon que lui, répondit : Je le veux bien. Ils allèrent donc se promener bien loin, et alors le méchant Caïn tua son pauvre frère Abel. Il avait été si loin, afin qu'Adam et Eve ne sussent pas sa méchanceté; mais Dieu, qui est partout, lui avait vu commettre ce crime. Il voulut voir si Caïn mentirait, et lui dit : Caïn, où est votre frère Abel? je ne le vois plus. Caïn lui répondit : Est-ce que vous m'avez donné mon frère à garder? Vous êtes un maudit, lui dit Dieu; vous avez tué votre frère : allez, courez par le monde; vous n'aurez jamais un moment de repos. Votre crime vous tourmentera jour et nuit; et pour vous faire souffrir plus longtemps, j'empêcherai les autres enfans d'Adam de vous tuer. Aussitôt Caïn s'enfuit de ce pays avec sa femme, et il eut un grand nombre d'enfants.

2.

MADEMOISELLE BONNE.

On ne peut pas mieux répéter une histoire. Mais dites-moi, ladi Charlotte, n'avez-vous rien pensé en écoutant cette histoire de Caïn.

LADI CHARLOTTE

J'ai pensé quelque chose, ma Bonne, mais je n'ose le dire, cela est trop vilain.

MADEMOISELLE BONNE.

Allons, ma chère, une jeune dame qui a le courage d'avouer ses défauts, est toute prête à se corriger.

LADI CHARLOTTE.

Hé bien donc, je vais vous le dire; je suis jalouse comme Caïn, contre ma sœur aînée; papa et maman l'aiment mieux que moi; et cela me met si fort en colère quelquefois, que je le tuerais si je pouvais.

MADEMOISELLE BONNE.

Mais, ma chère, n'est-ce pas votre faute, si l'on aime votre sœur plus que vous? Ditesmoi, si vous étiez une maman, et que vous eussiez deux filles, l'une qui serait douce, honnête, obéissante, appliquée avec ses maîtres; et l'autre, entêtée, méchante, insolente avec tout le monde, désobéissante à ses maîtres, laquelle aimeriez-vous davantage?

LADI CHARLOTTE.

J'aimerais mieux la première.

MADEMOISELLE BONNE.

Il ne faut donc pas être fâchée contre votre papa et votre maman, s'ils aiment mieux votre sœur que vous : devenez aussi bonne qu'elle, je suis sûre qu'ils vous aimeront à la folie.

LADI CHARLOTTE.

Je le veux bien, ma Bonne, et je vous promets d'écrire toutes les sottises que je dirai et ferai.

MADEMOISELLE BONNE.

Et moi, je vous promets que vous vous corrigerez,

cela est infaillible : je vous promets aussi que vous
deviendrez aussi aimable que votre sœur ainée , et
aussi heureuse qu'elle : car je suis sûre que vous êtes
très-malheureuse quand vous êtes méchante.

LADI CHARLOTTE.

Cela est bien vrai : je disais l'autre jour à ma gouvernante : Je voudrais être morte.

MADEMOISELLE BONNE.

Vous me faites frémir , ma chère ; méchante
comme vous avez été, que seriez-vous devenue, si vous
fussiez morte avant d'avoir demandé pardon à Dieu ?
Il est bien bon de vous donner du temps pour vous
corriger ; il faut ce soir le remercier de cette grâce
et lui dire que vous voulez l'aimer de tout votre cœur.
Adieu, mes enfans; je suis bien contente de votre
attention : en récompense , nous aurons de belles
histoires, et un joli conte, la première fois.

5e DIALOGUE.

TROISIÈME JOURNÉE.

MADEMOISELLE BONNE.

Vous venez de bonne heure aujourd'hui , mesdames : nous venons de sortir de table , il n'y a qu'un
moment.

LADI SPIRITUELLE.

Ma Bonne, j'ai dîné avec ces dames, et nous n'a-
vons resté qu'un demi quart-d'heure à table.

MADEMOISELLE BONNE.

Je vais donc vous gronder, mes chères enfans ; il
n'y a rien de si contraire à la santé que de manger

trop vite ; pour vous punir , nous ne dirons rien avant d'avoir pris le thé, et nous irons nous promener dans le jardin.

LADI MARY.

J'aime beaucoup à me promener ; mais j'aime encore mieux les histoires. Ma Bonne, pardonnez-nous pour cette fois , je vous jure, sur ma conscience, que je ne savais pas que c'était une faute de manger trop vite.

MADEMOISELLE BONNE.

Et c est aussi une faute de jurer sur votre conscience; une autre fois ne les faites pas. Je ne veux pas vous faire répéter vos leçons à présent , mesdames, parce que je crains de vous faire mal en vous appliquant après dîner.

LADI CHARLOTTE.

Hé bien , ma Bonne, nous ne dirons rien , mais vous nous direz quelque chose ; vous nous avez promis un joli conte : cela nous fatiguera-t-il de l'écouter?

MADEMOISELLE BONNE.

Je vois bien qu'il faut faire ce que vous voulez, mesdames ; quand vous êtes bonnes filles, je n'ai pas le courage de vous rien refuser : allons donc nous asseoir dans le jardin, et je vous dirai le conte que je vous ai promis la dernière fois ?

LA BELLE ET LA BÊTE , CONTE.

Il y avait une fois un marchand qui était extrêmement riche ; il avait six enfans , trois garçons et trois filles, et , comme ce marchand était un homme d'esprit, il n'épargna rien pour l'éducation de ses enfants , et leur donna toutes sortes de maîtres. Ses filles étaient très-belles ; mais la cadette surtout se faisait admirer, et on ne l'appelait, quand elle était petite , que la *Belle-Enfant* ; en sorte que le nom lui en resta, ce qui donna beaucoup de jalousie à ses sœurs. Cette cadette , qui était plus belle que ses sœurs , était aussi meilleure qu'elles. Les deux aînées avaient beaucoup d'orgueil, parce qu'elles étaient riches ; elles fai-

saient les dames et ne voulaient pas recevoir les visites
des autres filles de marchands ; il leur fallait des gens
de qualité pour leur compagnie ; elles allaient tous les
jours au bal, à la comédie, à la promenade, et se
moquaient de leur cadette, qui employait la plus
grande partie de son temps à lire de bons livres.
Comme on savait que ces filles étaient fort riches,
plusieurs gros marchands les demandèrent en mariage ; mais les deux aînées répondirent qu'elles ne
se marieraient jamais, à moins qu'elles ne trouvas-
sent un duc, ou tout au moins un comte. La Belle
(car je vous ai dit que c'était le nom de la plus jeune),
la Belle, dis-je, remercia bien honnêtement ceux
qui voulaient l'épouser ; mais elle leur dit qu'elle était
trop jeune, et qu'elle souhaitait de tenir compagnie à
son père pendant quelques années. Tout d'un coup le
marchand perdit son bien, et il ne lui resta qu'une
petite maison de campagne bien loin de la ville. Il
dit en pleurant à ses enfants qu'il fallait aller dans
cette maison, et qu'en travaillant comme des paysans,
ils y pourraient vivre. Ses deux filles aînées répondirent qu'elles ne voulaient pas quitter la ville, et qu'elles
avaient plusieurs amans qui seraient trop heureux de
les épouser, quoiqu'elles n'eussent plus de fortune :
les bonnes demoiselles se trompaient ; leurs amans
ne voulurent plus les regarder quand elles furent
pauvres. Comme personne ne les aimait à cause de
leur fierté, on disait : Elles ne méritent pas qu'on
les plaigne, nous sommes bien aise de voir leur orgueil
abaissé ; qu'elles aillent faire les dames en gardant les
moutons ; mais en même temps tout le monde disait:
Pour la Belle, nous sommes bien fâchés de son
malheur, c'est une si bonne fille ! elle parlait aux
pauvres gens avec tant de bonté : elle était si douce,
si honnête ; il y eut même plusieurs gentilshommes
qui voulurent l'épouser, quoiqu'elle n'eût pas un
sou ; mais elle leur dit qu'elle ne pouvait se résoudre
à abandonner son pauvre père dans son malheur, et
qu'elle le suivrait à la campagne pour le consoler et
lui aider à travailler. La pauvre Belle avait été bien
affligée d'abord de perdre sa fortune ; mais elle s'était
dit à elle-même : Quand je pleurerais beaucoup, mes

larmes ne me rendront pas mon bien, il faut tâcher
d'être heureuse sans fortune. Quand ils furent arrivés
à leur maison de campagne, le marchand et ses trois
fils s'occupèrent à labourer la terre. La Belle se levait à quatre heures du matin, et se dépêchait de
nettoyer la maison et d'apprêter à dîner pour la famille. Elle eut d'abord beaucoup de peine, car elle
n'était pas accoutumée à travailler comme une servante; mais, au bout de deux mois, elle devint plus
forte, et la fatigue lui donna une santé parfaite. Quand
elle avait fait son ouvrage, elle lisait, elle jouait du
clavecin, ou bien elle chantait en filant. Ses deux
sœurs, au contraire, s'ennuyaient à la mort. Elles se
levaient à dix heures du matin; se promenaient toute
la journée, et s'amusaient à regretter les beaux habits
et les compagnies. Voyez notre cadette, disaient-elles
entre elles, elle a l'âme si basse et si stupide, qu'elle
est contente de sa malheureuse situation. Le bon
marchand ne pensait pas comme ses filles; il savait
que la Belle était plus propre que ses sœurs à bril-
ler dans les compagnies; il admirait la vertu de cette
jeune fille, et surtout sa patience; car ses sœurs,
non contentes de lui laisser faire l'ouvrage de la
maison, l'insultaient à tout moment.

Il y avait un an que cette famille vivait dans la
solitude, lorsque le marchand reçut une lettre par
laquelle on lui marquait qu'un vaisseau, sur lequel
il avait des marchandises, venait d'arriver heureusement. Cette nouvelle faillit tourner la tête à ses deux
aînées qui pensaient qu'à la fin elles pourraient
quitter cette campagne où elles s'ennuyaient tant; et
quand elles virent leur père prêt à partir, elles le
prièrent de leur apporter des robes, des palatines,
des coiffures et toutes sortes de bagatelles. La Belle
ne lui demandait rien, car elle pensait en elle-même
que tout l'argent des marchandises ne suffisait pas
pour acheter ce que ses sœurs souhaitaient. Tu ne me
pries pas de t'acheter quelque chose lui dit son
père. Puisque vous avez la bonté de penser à moi, lui
dit-elle, je vous prie de m'apporter une rose, car il
n'en vient point ici; ce n'est pas que la Belle se souciât
d'une rose, mais elle ne voulait pas condamner par

son exemple la conduite de ses sœurs, qui auraient
dit que c'était pour se distinguer qu'elle ne demandait
rien. Le bon homme partit ; mais quand il fut arrivé,
on lui fit un procès pour ses marchandises, et après
avoir eu beaucoup de peine, il revint aussi pauvre
qu'il était auparavant. Il n'avait plus que trente milles
pour arriver à sa maison, et il se réjouissait déjà du
plaisir de voir ses enfans ; mais comme il fallait passer
un grand bois avant de trouver sa maison, il se perdit ;
il neigeait horriblement ; le vent était si grand qu'il le
jeta deux fois à bas de son cheval. La nuit étant venue,
il pensa qu'il mourrait de faim ou de froid, ou qu'il
serait mangé des loups qu'il entendait hurler autour
de lui. Tout d'un coup en regardant au bout d'une
longue allée d'arbres, il vit une grande lumière, mais
qui paraissait bien éloignée. Il marcha de ce côté-là,
et vit que cette lumière sortait d'un grand palais qui
était tout illuminé. Le marchand remercia Dieu du secours qu'il lui envoyait, et se hâta d'arriver à ce château ; mais il fut bien surpris de ne trouver personne
dans les cours. Son cheval qui le suivait, voyant une
écurie ouverte, entra dedans, et ayant trouvé du foin
et de l'avoine, le pauvre animal, qui mourait de
faim, se jeta dessus avec beaucoup d'avidité. Le marchand l'attacha dans l'écurie et marcha vers la maison, où il ne trouva personne ; mais étant entré dans
une grande salle, il y trouva un bon feu, et une
table chargée de viandes, où il n'y avait qu'un
couvert. Comme la pluie et la neige l'avaient mouillé
jusqu'aux os, il s'approcha du feu pour se sécher,
et disait en lui-même : Le maître de la maison, ou
ses domestiques, me pardonneront la liberté que j'ai
prise, et sans doute ils viendront bientôt. Il attendit
pendant un temps considérable ; mais onze heures ayant
sonné sans qu'il vit personne, il ne put résister à
la faim, et prit un poulet qu'il mangea en deux bou-
chées, et en tremblant ; il but aussi quelques coups de
vin, et, devenu plus hardi, il sortit de la salle et tra-
versa plusieurs grands appartemens magnifiquement
meublés. A la fin il trouva une chambre où il y avait
un bon lit ; et comme il était minuit passé, et qu'il
était las, il prit le parti de fermer la porte et de se
coucher.

Il était dix heures du matin quand il s'éveilla le lendemain, et il fut bien surpris de trouver un habit fort propre à la place du sien qui était tout gâté. Assurément, dit-il en lui-même, ce palais appartient à quelque bonne fée qui a eu pitié de ma situation. Il regarda par la fenêtre et ne vit plus de neige, mais des berceaux de fleurs qui enchantaient la vue. Il rentra dans la grande salle où il avait soupé la veille, et vit une petite table où il y avait du chocolat. Je vous remercie, madame la fée, dit-il tout haut, d'avoir eu la bonté de penser à mon déjeuner. Le bon homme après avoir pris son chocolat, sortit pour aller chercher son cheval, et comme il passait sous un berceau de roses, il se souvint que la Belle lui en avait demandé, et cueillit une branche où il y en avait plusieurs. En même temps, il entendit un grand bruit, et vit venir à lui une bête si horrible, qu'il fut tout prêt de s'évanouir. Vous êtes bien ingrat, lui dit la bête d'une voix terrible; je vous ai sauvé la vie en vous recevant dans mon château, et pour ma peine vous me volez mes roses que j'aime mieux que toutes choses au monde : il faut mourir pour réparer cette faute : je ne vous donne qu'un quart d'heure pour demander pardon à Dieu. Le marchand se jeta à genoux, et dit à la bête en joignant les mains : Monseigneur, pardonnez-moi, je ne croyais pas vous offenser en cueillant une rose pour une de mes filles qui m'en avait demandé. Je ne m'appelle point Monseigneur, répondit le monstre, mais la Bête; je n'aime point les complimens, moi, je veux qu'on dise ce qu'on pense; ainsi, ne croyez pas me toucher par vos flatteries; mais vous m'avez dit que vous aviez des filles je veux vous pardonner à condition qu'une de vos filles vienne volontairement pour mourir à votre place; ne me raisonnez pas, partez, et si vos filles refusent de mourir pour vous, jurez que vous reviendrez dans trois mois. Le bon homme n'avait pas le dessein de sacrifier une de ses filles à ce vilain monstre; mais il dit en lui-même: Du moins j'aurai le plaisir de les embrasser encore une fois. Il jura donc de revenir, et la bête lui dit qu'il pourrait partir quand il voudrait; mais, je ne veux pas que tu t'en ailles les mains vides : retourne dans la chambre où tu as couché, tu y trouveras un grand coffre vide, tu peux y mettre tout ce qu'il te plaira, je le ferai porter chez toi, En même temps la bête se retira, et le bon hômme dit en lui-même : S'il faut que je meure, j'aurai la consolation de laisser du pain à mes pauvres enfans.

Il retourna dans la chambre où il avait couché, et ayant trouvé une grande quantité de pièces d'or, il remplit le grand coffre dont la bête lui avait parlé, le ferma, et ayant repris son cheval qu'il retrouva dans l'écurie, il sortit de ce palais avec une tristesse égale à la joie qu'il avait lorsqu'il y était entré. Son cheval prit de lui-même une des routes de la forêt, en peu d'heures le bon homme arriva dans sa petite maison. Ses enfans se rassemblèrent autour de lui ; mais au lieu d'être sensible à leurs caresses, le marchand se mit à pleurer en les regardant. Il tenait à la main la branche de roses qu'il apportait à la Belle ; il la lui donna, et lui dit : la Belle, prenez ces roses, elles coûteront bien cher à votre malheureux père, et tout de suite il raconta à sa famille la funeste aventure qui lui était arrivée. A ce récit, les deux aînées jetèrent de grands cris, et dirent des injures à la Belle qui ne pleurait point. Voyez ce que produit l'orgueil de cette petite créature, disaient-elles ; que ne demandait-elle des ajustemens comme nous ; mais non, mademoiselle voulait se distinguer, elle va causer la mort de notre père. Cela serait fort inutile, reprit la Belle : pourquoi pleurerai-je la mort de mon père ? Il ne périra point. Puisque le monstre veut bien accepter une de ses filles, je veux me livrer à toute sa furie, et je me trouve fort heureuse, puisqu'en mourant j'aurai la joie de sauver mon père, et de lui prouver ma tendresse. Non, ma sœur, lui dirent ses trois frères, vous ne mourrez pas, nous irons trouver ce monstre, et nous périrons sous ses coups, si nous ne pouvons le tuer. Ne l'espérez pas, mes enfans, leur dit le marchand ; la puissance de cette bête est si grande, qu'il ne me reste aucune espérance de la faire périr. Je suis charmé du bon cœur de la Belle ; mais je ne veux pas l'exposer à la mort. Je suis vieux, il ne me reste que peu de temps à vivre ; ainsi je ne

perdrai que quelques années de vie, que je ne regrette
qu'à cause de vous, mes chers enfans. Je vous assure,
mon père, lui dit la Belle, que vous n'irez pas à ce
palais sans moi ; vous ne pouvez m'empêcher de vous
suivre. Quoique je sois jeune, je ne suis pas fort
attachée à la vie, et j'aime mieux être dévorée par
ce monstre que de mourir du chagrin que me donnerait votre perte. On eut beau dire, la Belle voulut
partir pour le beau palais, et ses sœurs en étaient
charmées, parce que les vertus de cette cadette leur
avaient inspiré beaucoup de jalousie. Le marchand était
si occupé de la douleur de perdre sa fille, qu'il ne
pensait pas au coffre qu'il avait rempli d'or ; mais
aussitôt qu'il se fut enfermé dans sa chambre pour se
coucher, il fut bien étonné de le trouver dans la ruelle
de son lit. Il résolut de ne point dire à ses enfans qu'il
était devenu si riche ; parce que ses filles avaient résolu de mourir dans cette campagne, mais il confia ce
secret à la Belle, qui lui apprit qu'il était venu quelques
gentilshommes pendant son absence ; qu'il y en avait
deux qui aimaient ses sœurs. Elle pria son père de
les marier ; car elle était si bonne qu'elle les acmait
et leur pardonnait de tout son cœur le mal qu'elles
lui avaient fait. Ces deux méchantes filles se frottèrent
les yeux avec un oignon pour pleurer lorsque la Belle
partit avec son père ; mais ses frères pleuraient tout
de bon, aussi bien que le marchand : il n'y avait que
la Belle qui ne pleurait point, parce qu'elle ne voulait
pas augmenter leur douleur. Le cheval prit la route
du palais, et sur le soir, ils l'aperçurent illuminé
comme la première fois. Le cheval fut tout seul à
l'écurie, et le bon homme entra avec sa fille dans
la grande salle, où ils trouvèrent une table magnifiquement servie avec deux couverts. Le marchand n'avait
pas le cœur de manger ; mais la Belle, s'efforçant de
paraître tranquille, se mit à table et le servit ; puis
elle disait en elle-même la bête veut m'engraisser
avant de me manger, puisqu'elle me fait faire si bonne
chère. Quand ils eurent soupé, ils entendirent un
grand bruit, et le marchand dit adieu à sa pauvre
fille en pleurant ; car il pensait que c'était la bête. La
Belle ne put s'empêcher de frémir en voyant cette

horrible figure ; mais elle se rassura de son mieux ; et
le monstre lui ayant demandé si c'était de bon cœur
qu'elle était venue, elle lui dit en tremblant que oui.
Vous êtes bien bonne, lui dit la bête, et je vous suis
bien obligé. Bon homme, partez demain matin, et ne
vous avisez jamais de revenir ici. Adieu, la Belle.
Adieu, la bête, répondit-elle, et tout de suite le
monstre se retira. Ah ! ma fille, dit le marchand, en
embrassant la Belle, je suis à demi mort de frayeur.
Croyez-moi, laissez-moi ici. Non, mon père, lui dit la
Belle avec fermeté, vous partirez demain matin, vous
m'abandonnerez au secours du ciel ; peut-être aura-t-
il pitié de moi. Ils furent se coucher, et croyaient
ne pas dormir de toute la nuit ; mais à peine furent-
ils dans leurs lits que leurs yeux se fermèrent. Pendant
son sommeil, la Belle vit une dame qui lui dit : Je
suis contente de votre bon cœur, la Belle ; la bonne
action que vous faites, en donnant votre vie pour
sauver celle de votre père, ne demeurera point sans
récompense. La Belle, s'éveillant, raconta ce songe à
son père, et quoiqu'il le consolât un peu, cela ne
l'empêcha pas de jeter de grands cris, quand il fallut
se séparer de sa chère fille.

Lorsqu'il fut parti, la Belle s'assit dans la grande
salle, et se mit à pleurer aussi ; mais comme elle avait
beaucoup de courage, elle se recommanda à Dieu,
et résolut de ne se point chagriner, pour le peu de
temps qu'elle avait à vivre ; car elle croyait fermement
que la bête la mangerait le soir. Elle résolut de visiter
ce beau château. Elle ne pouvait s'empêcher d'en admirer la beauté. Mais elle fut bien surprise de trouver
une porte sur laquelle il y avait écrit : *Appartement
de la Belle.* Elle ouvrit cette porte avec précipitation-
elle fut éblouie de la magnificence qui y régnait ; mais
ce qui frappa le plus sa vue ; fut une grande bibliothèque, un clavecin et plusieurs livres de musique.
On ne veut pas que je m'ennuie, dit-elle tout bas ; elle
pensa ensuite : Si je n'avais qu'un jour à demeurer ici,
on n'aurait pas fait une telle provision. Cette pensée
ranima son courage. Elle ouvrit la bibliothèque, et
vit un livre où il y avait écrit en lettre d'or : *Souhaitez,
commandez : vous êtes ici la reine et la maîtresse.* Hélas!

dit-elle en soupirant, je ne souhaite rien que de voir mon pauvre père, et de savoir ce qu'il fait à présent : elle avait dit cela en elle-même. Quelle fut sa surprise, en jetant les yeux sur un grand miroir, d'y voir sa maison où son père arrivait avec un visage extrêmement triste ! Ses sœurs venaient au-devant de lui; et, malgré les grimaces qu'elles faisaient pour paraître affligées, la joie qu'elles avaient de la perte de leur sœur paraissait sur leur visage. Un moment après, tout cela disparut, et la Belle ne put s'empêcher de penser que la Bête était bien complaisante, et qu'elle n'avait rien à craindre. A midi elle trouva la table mise, et pendant son dîner, elle entendit un excellent concert, quoiqu'elle ne vît personne. Le soir, comme elle allait se mettre à table, elle entendit le bruit que faisait la bête, et ne put s'empêcher de frémir. La Belle, lui dit ce monstre, voulez-vous bien que je vous voie souper ? Vous êtes le maître, répondit la Belle en tremblant. Non, reprit la bête ; il n'y a ici de maîtresse que vous. Vous n'avez qu'à me dire de m'en aller si je vous ennuie ; je sortirai tout de suite. Dites-moi, n'est-ce pas que vous me trouvez bien laid ? Cela est vrai, dit la Belle, car je ne sais pas mentir ; mais je crois que vous êtes fort bon. Vous avez raison, dit le monstre; mais, outre que je suis laid, je n'ai point d'esprit : je sais bien que je ne suis qu'une bête. On n'est pas bête, reprit la Belle, quand on croit n'avoir point d'esprit. Un sot n'a jamais su cela. Mangez donc, la Belle, lui dit le monstre, et tâchez de ne point vous ennuyer dans votre maison car tout ceci est à vous, et j'aurais du chagrin, si vous n'étiez pas contente. Vous avez bien de la bonté, dit la Belle. Je vous avoue que je suis contente de votre cœur ; quand j'y pense, vous ne me paraissez pas si laid. Oh dame, oui ! répondit la bête, j'ai le cœur bon, mais je suis un monstre. Il y a bien des hommes qui sont plus monstres que vous, dit la Belle, et je vous aime mieux avec votre figure, que ceux qui, avec la figure d'homme, cachent un cœur faux, corrompu, ingrat. Si j'avais de l'esprit, reprit la bête, je vous ferais un grand compliment pour vous remercier; mais je suis un stupide, et tout ce que je puis vous dire, c'est que je vous suis bien obligé.

La Belle soupa de bon appétit. Elle n'avait presque plus peur du monstre ; mais elle manqua mourir de frayeur, l'orsqu'il lui dit : la Belle, voulez-vous
être ma femme ? Elle fut quelque temps sans répondre:
elle avait peur d'exciter la colère du monstre en le
refusant ; elle lui dit pourtant en tremblant : Non ,
la bête. Dans le moment ce pauvre monstre voulut
soupirer, et il fit un sifflement si épouvantable, que
tout le palais en retentit ; mais la Belle fut bientôt ras-
surée , car la bête lui ayant dit tristement : Adieu
donc , la Belle, il sortit de la chambre en se retour-
nant de temps en temps pour la regarder encore.
Belle, se voyant seule, sentit une grande compassion
pour cette pauvre bête. Hélas , disait-elle, c'est bien
dommage qu'elle soit si laide, elle est si bonne ?

Belle passa trois mois dans ce palais avec assez de
tranquillité. Tous les soirs la bête lui rendait visite ,
l'entretenait pendant le souper avec assez de bon sens,
mais jamais avec ce qu'on appelle esprit dans le monde.
Chaque jour Belle découvrait de nouvelles bontés
dans ce monstre ; l'habitude de le voir l'avait accoutumée à sa laideur , et loin de craindre le moment de
sa visite , elle regardait souvent à sa montre, pour
voir s'il était bientôt neuf heures ; car la bête ne
manquait jamais de venir à cette heure-là. Il n'y avait
qu'une chose qui faisait de la peine à la Belle , c'est
que le monstre , avant de se coucher, lui demandait
toujours si elle voulait être sa femme , et paraissait
pénétré de douleur lorsqu'elle lui disait que non.
Elle lui dit un jour : Vous me chagrinez, la bête ; je
voudrais pouvoir vous épouser , mais je suis trop
sincère pour vous faire croire que cela arrivera jamais:
je serai toujours votre amie, tâchez de vous contenter
de cela. Il le faut bien, reprit la bête : je me rends
justice ; je sais que je suis bien horrible ; mais je
vous aime beaucoup ; cependant, je suis trop heureux
de ce que vous voulez bien rester ici ; promettez-moi
que vous ne me quitterez jamais. La Belle rougit à
ces paroles ; elle avait vu, dans son miroir, que son
père était malade du chagrin de l'avoir perdue, et elle
souhaitait de le revoir. Je pourrais bien vous promettre
de ne vous jamais quitter tout-à-fait ; mais j'ai tant

d'envie de revoir mon père, que je mourrai de douleur
si vous me refusez ce plaisir. J'aime mieux mourir
moi-même, dit le monstre, que de vous donner du
chagrin ; je vous enverrai chez votre père, vous y
resterez, et votre pauvre bête en mourra de douleur.
Non, lui dit la Belle en pleurant, je vous aime trop
pour vouloir causer votre mort. Je vous promets de
revenir dans huit jours ; vous m'avez fait voir que mes
sœurs sont mariées, et que mes frères sont partis pour
l'armée ; mon père est tout seul, souffrez que je reste
chez lui une semaine. Vous y serez demain au matin,
dit la Bête ; mais souvenez-vous de votre promesse,
vous n'aurez qu'à mettre votre bague sur une table
en vous couchant, quand vous voudrez revenir. Adieu
la Belle. La bête soupira selon sa coutume, en disant
ces mots, et la Belle se coucha toute triste de l'avoir
affligée. Quand elle se réveilla, le matin, elle se
trouva dans la maison de son père, et, ayant sonné
une clochette qui était à côté de son lit, elle vit venir
la servante qui fit un grand cri en la voyant. Le bon
homme accourut à ce cri, et manqua de mourir de joie
en revoyant sa chère fille, et ils se tinrent embrassés
plus d'un quart d'heure. La Belle, après les premiers
transports, pensa qu'elle n'avait point d'habits pour
se lever ; mais la servante lui dit qu'elle venait de trouver dans la chambre voisine un grand coffre plein de
robes d'or, garnies de diamans. Belle remercia la bonne
bête de ses attentions : elle prit la moins riche de ces
robes, et dit à la servante de serrer les autres, dont elle
voulait faire présent à ses sœurs ; mais à peine eut-
elle prononcé ces paroles, que le coffre disparut. Son
père lui dit que la bête voulait qu'elle gardât tout
cela pour elle, et aussitôt les robes et le coffre revinrent à la même place. La Belle s'habilla, et,
pendant ce temps, on fut avertir ses sœurs qui accou-
rurent avec leurs maris. Elles étaient toutes deux
fort malheureuses. L'aînée avait épousé un jeune
gentilhomme beau comme l'amour ; mais il était si
amoureux de sa propre figure, qu'il n'était occupé que
de cela depuis le matin jusqu'au soir, et méprisait la
beauté de sa femme. La seconde avait épousé un
homme qui avait beaucoup d'esprit, mais il ne s'en ser-

vait que pour faire enrager tout le monde, à commencer
par sa femme. Les sœurs de la belle manquèrent mourir
de douleur quand elles la virent habillée comme une
princesse, et plus belle que le jour. Elle eut beau les
caresser, rien ne put étouffer leur jalousie, qui aug-
menta beaucoup quand elle leur eut conté combien
elle était heureuse. Ces deux jalouses descendirent
dans le jardin, pour y pleurer tout à leur aise ; et
elles se disaient : Pourquoi cette petite créature est-
elle plus heureuse que nous ? Ne sommes-nous pas
plus aimables qu'elle ? Ma sœur, dit l'aînée, il me vient
une pensée, tâchons de l'arrêter ici plus de huit jours ;
sa sotte bête se mettra en colère de ce qu'elle lui aura
manqué de parole, et peut-être qu'elle la dévorera.
Vous avez raison, ma sœur, répondit l'autre. Pour
cela il lui faut faire de grandes caresses. Et, ayant
pris cette résolution, elles remontèrent, et firent tant
d'amitiés à leur sœur, que la Belle en pleura de joie.
Quand les huit jours furent passés, les deux sœurs
s'arrachèrent les cheveux, et firent tant les affligées
de son départ, qu'elle promit de rester encore huit
jours.

Cependant Belle se reprochait le chagrin qu'elle allait
donner à sa pauvre bête qu'elle aimait de tout son
cœur ; et elle s'ennuyait de ne la plus voir. La dixième
nuit qu'elle passa chez son père, elle rêva qu'elle était
dans le jardin du palais, et qu'elle voyait la Bête couchée sur l'herbe, et prête à mourir, qui lui reprochait
son ingratitude. La Belle se réveilla en sursaut, et
versa des larmes. Ne suis-je pas bien méchante, disait-
elle, de donner du chagrin à une bête qui a pour moi
tant de complaisance ! est-ce sa faute si elle est si laide
et si elle a peu d'esprit ? Elle est bonne, cela vaut
mieux que tout le reste. Pourquoi n'ai-je pas voulu
l'épouser ? Je serais plus heureuse avec elle, que mes
sœurs avec leurs maris. Ce n'est ni la beauté ni
l'esprit d'un mari qui rendent une femme contente,
c'est la bonté du caractère, la vertu, la complaisance,
et la bête a toutes ces bonnes qualités. Je n'ai point
d'amour pour elle, mais j'ai de l'estime, de l'amitié et
de la reconnaissance. Allons, il ne faut pas la rendre
malheureuse ; je me reprocherais toute ma vie mon

ingratitude. A ces mots, Belle se lève, met sa bague
sur la table, et revient se coucher. A peine fut-elle dans
son lit, qu'elle s'endormit ; et, quand elle se réveilla
le matin, elle vit avec joie qu'elle était dans le palais
de la bête. Elle s'habilla magnifiquement pour lui
plaire, et s'ennuya à mourir toute la journée, en
attendant neuf heures du soir ; mais l'horloge eut beau
sonner, la bête ne parut point. La Belle alors craignit d'avoir causé sa mort. Elle courut tout le palais
en jetant de grands cris ; elle était au désespoir. Après
avoir cherché partout, elle se souvint de son rêve, et
courut dans le jardin vers le canal, où elle l'avait vue
en dormant. Elle trouva la pauvre Bête étendue, sans
connaissance, et elle crut qu'elle était morte. Elle se
jeta sur son corps sans avoir horreur de sa figure, et,
sentant que son cœur battait encore, elle prit de l'eau
dans le canal, et lui en jeta sur la tête. La Bête ouvrit
les yeux, et dit à la Belle : Vous avez oublié votre
promesse, le chagrin de vous avoir perdue m'a fait
résoudre à me laisser mourir de faim ; mais je meurs
contente, puisque j'ai le plaisir de vous revoir encore
une fois. Non, ma chère bête, vous ne mourrez point,
lui dit la Belle ; vous vivrez pour devenir mon époux ;
dès ce moment je vous donne ma main, et je jure que
je ne serai qu'à vous. Hélas ! je croyais n'avoir que de
l'amitié pour vous, mais la douleur que je sens me fait
voir que je ne pourrais vivre sans vous voir. A peine
la Belle eut-elle prononcé ces paroles, qu'elle vit le
château brillant de lumière ; les feux d'artifices, la
musique, tout lui annonçait une fête; mais : toutes ces
beautés n'arrêtèrent point sa vue : elle se retourna vers
sa chère bête, dont le danger la faisait frémir. Quelle
fut sa surprise ? la bête avait disparu, et elle ne
vit plus à ses pieds qu'un prince plus beau que l'Amour,
qui la remerciait d'avoir fini son enchantement. Quoique ce prince méritât toute son attention, elle ne pût
s'empêcher de lui demander où était la bête. Vous la
voyez à vos pieds, lui dit le prince. Une méchante fée
m'avait condamné à rester sous cette figure jusqu'à
ce qu'une belle fille consentit à m'épouser, et elle
m'avait défendu de faire paraître mon esprit. Ainsi il
n'y avait que vous dans le monde assez bonne pour

vous laisser toucher de la bonté de mon caractére, et en vous offrant ma couronne, je ne puis m'acquitter des obligations que je vous ai. La Belle, agréablement surprise, donna la main à ce beau prince pour le relever. Ils allèrent ensemble au château ; et la Belle manqua mourir de joie, en trouvant dans la grande salle, son père et toute sa famille, que la belle dame qui lui était apparue en songe avait transportés au château. Belle, lui dit cette dame, qui était une grande fée, venez recevoir la récompense de votre bon choix : vous avez préféré la vertu à la beauté et à l'esprit, vous méritez de trouver toutes ces qualités réunies en une même personne. Vous allez devenir une grande reine: j'espére que le trône ne détruira pas vos vertus. Pour vous, mesdemoiselles, dit la fée aux deux sœurs de Belle, je connais votre cœur, et toute la malice qu'il renferme. Devenez deux statues, mais conservez toute votre raison sous la pierre qui vous enveloppera. Vous demeurerez à la porte du palais de votre sœur, et je ne vous impose point d'autre peine que d'être témoins de son bonheur. Vous ne pourrez revenir dans votre premier état, qu'au moment où vous reconnaîtrez vos fautes ; mais j'ai bien peur que vous ne restiez toujours statues. On se corrige de l'orgueil, de la colère, de la gourmandise et de la paresse, mais c'est une espèce de miracle que la conversion d'un cœur méchant et envieux. Dans le moment, la fée donna un coup de baguette qui transporta tous ceux qui étaient dans cette salle dans le royaume du prince. Ses sujets le virent avec joie, et il épousa la Belle, qui vécut avec lui fort long-temps, et dans un bonheur parfait, parce qu'il était fondé sur la vertu.

LADI CHARLOTTE.

Et les sœurs sont-elles toujours restées statues ?

MADEMOISELLE BONNE.

Oui, ma chère, parce qu'elles ont toujours eu le cœur méchant.

LADI SPIRITUELLE

Je passerais une semaine à vous entendre sans m'ennuyer. J'aime cette Belle à la folie : mais il me semble, si j'avais été à sa place, que je n'aurais pas voulu épouser la Bête, elle était trop horrible.

LADI SENSÉE.

Mais, madame, elle était si bonne, que vous n'auriez pas voulu la laisser mourir de chagrin, surtout après qu'elle vous aurait fait tant de bien.

LADI SPIRITUELLE.

J'aurais dit comme la Belle dans le commencement : Je serai votre bonne amie, mais je ne veux pas être votre femme

LADI MARY.

Pour moi, elle m'aurait fait bien peur ; j'aurais toujours pensé qu'elle allait me manger.

MISS MOLLY.

Je crois que je me serais accoutumée à la voir tout comme la Belle. Quand papa prit un petit garçon tout noir pour être son laquais, j'en avais peur, je me cachais quand il entrait, il me paraissait plus laid qu'une bête. Eh bien, petit à petit je m'y suis accoutumée ; il me porte, quand je monte dans le carrosse, et je ne pense plus à son visage.

MADEMOISELLE BONNE.

Miss Molly a raison : on s'accoutume à la laideur, mais jamais à la méchanceté. Il ne faut donc guère s'embarrasser d'être laide ; mais il faut faire en sorte d'être si bonne, qu'on puisse oublier notre visage pour l'amour de notre cœur. Remarquez aussi, mes enfans, qu'on est toujours récompensé quand on fait son devoir. Si la Belle avait refusé de mourir à la place de son père, si elle avait été ingrate envers la pauvre Bête, elle n'aurait pas été ensuite une grande reine. Voyez aussi combien on devient méchant quand on est jaloux : c'est le plus vilain de tous les défauts.

Il n'est encore que trois heures, mes enfans, promenez-vous jusqu'à quatre heures. Vous pouvez courir et sauter tout à votre aise, pourvu que vous restiez à l'ombre ; pour moi, qui suis vieille et qui ne puis marcher, je reste ici avec ladi Sensée, qui ne se porte pas trop bien.

LADY MARY *qui revient peu après.*

Ma Bonne, voyez les jolis papillons que nous avons attrapés ; je veux mettre le mien dans une boîte, et je le nourrirai avec des fleurs, peut-être aura-t-il de petits, et j'aurai une jolie famille de papillons.

MADEMOISELLE BONNE.

Vous seriez bien étonnée, ma chère, de ne trouver, au lieu de papillons, qu'une famille de chenilles.

LADI MARY.

Mais, ma Bonne, je ne mettrai pas une chenille dans ma boîte, j'y mettrai un papillon : comment y trouverais-je autre chose qu'un papillon ?

MADEMOISELLE BONNE.

Assurément on ne peut trouver dans une boîte, et dans toute autre chose, que ce qui y est; mais apprenez ma chère, que ce papillon qui vous paraît si joli était en venant au monde un petit ver, ensuite une vilaine chenille, qui après a été changée en ce papillon.

LADI SPIRITUELLE.

C'est comme dans les métamorphoses. Mais dites-nous, ma Bonne, comment cela se peut-il faire ? car j'ai toujours regardé les métamorphoses comme des contes propres à amuser les enfans.

MADEMOISELLE BONNE.

Vous vous êtes trompée, ma chère ; les métamorphoses sont l'Histoire des Grecs, cachée, enveloppée sous des fables : et quand vous serez plus grande, je vous ferai voir le rapport qu'elles ont avec l'histoire.

LADI SPIRITUELLE.

Vous me dites toujours, quand vous serez plus grande, je vous dirai ce que vous me demandez : mais, ma Bonne, pensez donc que j'ai bientôt treize ans, je ne suis plus un enfant; pourquoi ne me pas dire aujourd'hui ce que vous voulez me dire dans un autre temps ?

MADEMOISELLE BONNE.

Parce qu'il y a plusieurs choses que vous devez
savoir auparavant. Pour vous faire voir le rapport des
Métamorphoses avec l'histoire, il faut nécessairement
savoir l'histoire. Hâtez-vous de l'apprendre, et ensuite
je vous instruirai sur tout ce que vous voulez savoir.

LADI MARY.

Et moi, ma Bonne, faudra-t-il que j'attende aussi
que je sois plus grande, pour savoir comment le
papillon peut d'abord être chenille ?

MADEMOISELLE BONNE.

Non, ma chère. Pour vous faire plaisir je vais
garder plusieurs papillons ; ils ferons des œufs en
automne, sur quelques feuilles que je leur donnerai ;
les papillons mourront après avoir fait leurs œufs et
je mettrai la feuille au soleil. Quand ces œufs, seront
échauffés, il en sortira de petites chenilles qui file-
ront aussitôt qu'elles seront au monde, comme vous
voyez filer les araignées ; et de ce fil elles bâtiront
une maison, pour se cacher durant l'hiver, afin de
ne pas sentir le froid.

MISS MOLLY.

Qui est-ce qui leur donnera de quoi faire du fil
ma Bonne ?

MADEMOISELLE BONNE.

Le bon Dieu qui les a créés, leur donne tout ce
qui est nécessaire pour vivre et se conserver ainsi ;
elles ont dans leur corps un magasin où elles trouvent
de quoi faire le fil nécessaire pour bâtir leur maison.

LADI MARY.

Vous donnerez à manger à ces petites chenilles, ma
Bonne ; mais celles qui restent dans les champs, qui
est-ce qui leur porte à manger dans leur petite maison ?

MADEMOISELLE BONNE.

Personne, ma chère ; mais elles n'en ont pas besoin,
et ne mangent que quand elles sont plus grandes.
Quand il fera chaud, elles sortiront de leur maison

après a voir mangé quelque temps, vous les verrez se bâtir un tombeau, où elles se coucheront, et deviendront comme mortes. Elles ressembleront alors à une fève ; mais quelque temps après, cette fève remuera ; il en sortira une tête, des jambes, des ailes, enfin un joli papillon, comme celui-ci, qui se nourrira de fleurs, jusqu'à ce qu'il ait fait des œufs, et qu'il meure.

LADI MARY.

Et nous verrons tout cela ma Bonne.

MADEMOISELLE BONNE.

Oui, ma chère, vous verrez tout cela, et quantité d'autres belles choses, si nous allons à la campagne ensemble, comme je l'espère. En attendant, je vais faire chercher une douzaine de papillons, et je les garderai dans mon cabinet, où je ferai mettre des fleurs nouvelles tous les jours, et nous leur rendront souvent visite. Allons présentement prendre le thé, et ensuite nous répéterons notre histoire ; c'est votre tour, miss Molly.

MISS MOLLY.

Long-temps après la mort d'Adam et d'Eve, les hommes devinrent si méchans, que le bon Dieu les eut en horreur. Ils mentaient, étaient gourmands, se mettaient en colère, ne faisaient jamais leurs prières, en un mot, ils ne faisaient que du mal. Dieu résolu de les punir. Mais, comme il y avait un honnête homme parmi ces méchans, Dieu lui commanda de faire une grande maison de bois, et d'y mettre toutes sortes d'animaux. Cet honnête homme se nommait Noé ; et quand la maison fut faite, il y entra avec sa femme et ses trois fils, qu'on appelait Sem, Cham et Japhet ; ils avaient aussi leurs femmes. Quand ils furent dans cette grande maison qu'on appelait l'*Arche*, Dieu fit tomber tant de pluie, qu'il y en avait par-dessus toutes les maisons, les arbres et les montagnes, ensorte que tous les hommes furent noyés, aussi bien que toutes les bêtes. Noé ne fut pas noyé comme les autres, car Dieu avait bien fermé l'arche, et elle se tenait au-dessus de l'eau. Quand tous les hommes furent morts,

il ne tomba plus de pluie, et il vint un grand vent qui
sécha la terre ; alors Noé ouvrit une fenêtre de l'arche
et laissa sortir un corbeau. Le corbeau est un vilain
animal qui mange les corps morts, ainsi, comme il
en trouva beaucoup sur la terre, il ne revint point
dans l'arche. Quelque temps après, Noé ouvrit encore
la fenêtre, et laissa sortir un beau petit pigeon. Le
pigeon cueillit une branche d'arbre, et l'apporta en
son bec. Ensuite Dieu dit à Noé de sortir de l'arche.
Noé se mit à genoux avec toute sa famille, pour remercier le bon Dieu ; et en même temps il vit au
ciel une grande chose qui était bleue, rouge, verte,
violette, cela s'appelait un *arc-en-ciel*; et le bon
Dieu lui dit : Cet arc-en-ciel, je vous l'enverrai
souvent, pour vous faire souvenir que jamais il n'y
aura un autre déluge, c'est-à-dire, de si grandes pluies
sur la terre.

LADI MARY

Ma Bonne, qui est-ce qui donna à manger à Noé,
à ses enfans et à toutes les bêtes pendant le temps
qu'ils furent dans l'arche ?

MADEMOISELLE BONNE.

Ils avaient mis de quoi vivre dans l'arche. Vous
avez été en Irlande, ma chère; hé bien, vous étiez dans
un vaisseau qui était presque comme l'arche, et il y
avait de quoi manger, parce qu'on y en avait mis.

LADI MARY.

Cela est vrai, ma Bonne; il y avait aussi des
fenêtres. J'avais peur à tout moment que cela n'enfonçât
dans l'eau. D'où vient que le vaisseau se tenait sur
l'eau, pendant que mon couteau, que j'ai laissé tomber, est allé tout au fond de la mer.

MADEMOISELLE BONNE.

C'est que l'eau qui était sous le vaisseau était plus
pesante que lui, et le soutenait, au lieu que votre
couteau était plus pesant que l'eau, et qu'elle n'a pu
le soutenir.

LADI SPIRITUELLE.

Mais, ma Bonne, un vaisseau est plus lourd
qu'un couteau.

MADEMOISELLE BONNE.

Cela est vrai, ma chère ; mais aussi il y a une plus grande quantité d'eau qui le soutient, au lieu qu'il n'y en avait guère sous le couteau. Si on faisait un vaisseau de fer, il irait au fond. Essayons cela dans le bassin qui est au bout du jardin ; je vais prendre un morceau de bois gros comme le plomb qui est dans ma manche. Hé bien, vous voyez que le bois n'enfonce pas dans l'eau, mais le plomb enfonce, parce qu'il est plus lourd qu'elle. Ce petit oiseau qui est sur cette branche ne la fait pas plier, parce qu'elle est plus lourde que lui; si j'y montais, je la ferais casser, parce que je suis plus lourde qu'elle.

LADI MARY.

J'entends à présent, ma Bonne, et quand je retournerai en Irlande, je n'aurai plus peur, car je penserai que le vaisseau ne peut pas enfoncer, parce que l'eau est plus lourde que lui.

MADEMOISELLE BONNE.

Hé bien, miss Molly, l'histoire que nous venons de répéter, ne vous a-t-elle point fait venir quelque bonne pensée ?

MISS MOLLY.

Oui, ma Bonne. Comme Noé a d'abord pensé à remercier le bon Dieu, je n'oublierai pas à le remercier tous les jours de tout ce qu'il m'a donné.

LADI MARY.

Mademoiselle, est-ce que le bon Dieu vous donne quelque chose? Il ne m'a jamais rien donné, à moi.

MADEMOISELLE BONNE.

Que me dites-vous, ma chère ? Il vous a donné vos oreilles, vos pieds, vos mains. Il vous donne ce que vous mangez, vos habits; en un mot il vous donne tout ce que vous avez.

LADI MARY.

Pardonnez-moi, ma Bonne, c'est maman qui me donne mes robes et ce que je mange.

MADEMOISELLE BONNE.

Souvenez-vous bien, ma chère, que le bon Dieu a fait tout, et que tout lui appartient: s'il n'avait pas donné d'argent à votre maman pour vous acheter des habits, du pain, et toutes les choses dont vous avez besoin vous n'auriez rien du tout.

LADI MARY.

Oh ! que je vais aimer le bon Dieu, qui me donne toutes ces choses !

MADEMOISELLE BONNE.

Cela est bien juste, ma chère ; et pour montrer au bon Dieu que vous l'aimez, vous serez bien bonne, car cela lui fait beaucoup de plaisir.

LADI MARY.

Le bon Dieu a-t-il aussi fait ma grand'maman qui t en Irlande ?

MADEMOISELLE BONNE.

Il a fait tout ce qui est sur la terre et dans le ciel, mes enfans. Mais je crois qu'il va pleuvoir ; remontons ma chambre.

LADI CHARLOTTE.

Ah ! ma Bonne, regardez de ce côté-là ; je crois que voilà cette belle machine que vous appelez l'*arc-en-ciel* ; oh ! les belles couleurs !

MADEMOISELLE BONNE.

Vous avez raison, ma chère. Hé bien ! quand on voit cela, il faut se souvenir que c'est la marque que le bon Dieu nous donne qu'il a fait la paix avec les hommes. Il ne faut donc jamais regarder l'arc-en-ciel sans le remercier, dans son cœur, de la bonté qu'il a eue de nous pardonner. Montons vite, je sens déjà des gouttes de pluie. Mais il est six heures sonnées, il faut se retirer, Mesdames. Ladi Sensée va se coucher de bonne heure. Je vous attends après-demain, mais surtout qu'on ne dîne pas si vite.

LADI SPIRITUELLE

Nous mangerons doucement, ma Bonne ; mais, en récompense, nous aurons un conte avant le thé.

MADEMOISELLE BONNE.

Oui, mesdames, je vous le promets.

6ᵉ DIALOGUE.

QUATRIEME JOURNÉE.

LADI CHARLOTTE.

Nous avons été une demi-heure à table, ma Bonne, nous aurons une histoire.

MADEMOISELLE BONNE.

De tout mon cœur mais ladi Charlotte n'a-t-elle rien à me donner ?

LADI CHARLOTTE.

Oui, ma Bonne, voilà un papier où il y a de vilaines choses ; mais, je vous prie, lisez-le tout bas.

MADEMOISELLE BONNE.

Oui, ma chère, je le lirai pendant que nous prendrons le thé. Hé bien, mesdames, il faut tenir ma parole et vous dire un conte ; asseyez vous, je vais payer mes dettes.

CONTE
DES PRINCES FATAL ET FORTUNÉ.

Il y avait une fois une reine qui eut deux petits garçons parfaitement beaux. Une fée, qui était bonne amie de la reine, avait été priée d'être la marraine de ces princes, et de leur faire quelque don : Je doue l'aîné, dit elle, de toutes sortes de malheurs jusqu'à l'âge de vingt-cinq ans, et je le nomme *Fatal*. A ses paroles, la reine jeta de grands cris, et conjura la fée de changer ce don. Vous ne savez ce que vous demandez, dit elle à la reine ; s'il n'est pas malheureux, il sera méchant. La reine n'osa rien dire, mais elle pria la fée de lui laisser choisir un don pour son second fils. Peut-être choisirez-vous tout de travers, répondit la fée ; mais n'importe, je veux bien lui accorder ce que vous me demanderez pour lui. Je

3..

souhaite, dit la reine, qu'il réussisse toujours dans
tout ce qu'il voudra faire ; c'est le moyen de le rendre
parfait. Vous pourriez vous tromper, dit la fée ; ainsi
je ne lui accorde ce don que jusqu'à vingt-cinq ans.

On donna des nourrices aux deux petits princes ;
mais, dès le troisième jour, la nourrice du prince aîné
eut la fièvre ; on lui en donna une autre qui se cassa
la jambe en tombant ; une troisième perdit son lait
aussitôt que le prince Fatal commença à la téter ;
et le bruit s'étant répandu que le prince portait
malheur à ses nourrices, personne ne voulait plus
le nourrir ni s'approcher de lui. Ce pauvre enfant, qui
avait faim, criait et ne faisait pourtant pitié à personne. Une grosse paysanne, qui avait un grand
nombre d'enfans qu'elle avait beaucoup de peine à
nourrir, dit qu'elle aurait soin de lui, si on voulait lui
donner une grosse somme d'argent ; et comme le roi
et la reine n'aimaient pas le prince Fatal, ils donnèrent
à la nourrice ce qu'elle demandait, ils lui dirent de
le porter à son village. Le second prince, qu'on avait
nommé *Fortuné*, venait au contraire à merveille. Son
papa et sa maman l'aimaient à la folie, et ne pensaient pas seulement à l'aîné. La méchante femme à laquelle on l'avait donné ne fut pas plustôt chez elle, qu'elle
lui ôta les beaux langes dont il était enveloppé pour
les donner à un de ses fils qui était de l'âge de Fatal ;
et ayant enveloppé le pauvre prince dans une mauvaise
jupe, elle le porta dans un bois où il y avait bien des
bêtes sauvages, et le mit dans un trou avec trois petits
lions, pour qu'il fût mangé. Mais la mère de ces lions
ne lui fit point de mal, et au contraire, elle lui donna
à téter, ce qui le rendit si fort, qu'il courait tout seul
au bout de six mois. Cependant le fils de la nourrice,
qu'elle faisait passer pour le prince, mourut, et le roi
et la reine furent charmés d'en être débarrassés. Fatal
resta dans le bois jusqu'à deux ans ; et un seigneur de
la cour qui allait à la chasse, fut tout étonné de le
trouver au milieu des bêtes. Il en eut pitié, l'emporta
dans sa maison ; et ayant appris qu'on cherchait un
enfant pour tenir compagnie à Fortuné, il présenta
Fatal à la reine. On donna un maître à Fortuné pour
lui apprendre à lire ; mais on recommanda au maître

de ne le point faire pleurer. Le jeune prince, qui avait entendu cela, pleurait toutes les fois qu'il prenait son livre ; en sorte qu'à cinq ans il ne connaissait pas ses lettres, au lieu que Fatal lisait parfaitement, et savait déjà écrire. Pour faire peur au prince, on commanda au maître de fouetter Fatal toutes les fois que Fortuné manquerait à son devoir. Ainsi Fatal avait beau s'appliquer à être sage, cela ne l'empêchait pas d'être battu : d'ailleurs Fortuné était si volontaire et si méchant, qu'il maltraitait toujours son frère, qu'il ne connaissait pas. Si on lui donnait une pomme, un jouet, Fortuné le lui arrachait des mains : il le faisait taire quand il voulait parler ; il l'obligeait à parler quand il voulait se taire : en un mot, c'était un petit martyr dont personne n'avait pitié. Ils vécurent ainsi jusqu'à dix ans, et la reine était fort surprise de l'ignorance de son fils. La fée m'a trompée, disait-elle, je croyais que mon fils serait le plus savant de tous les princes, puisque j'ai souhaité qu'il réussit dans tout ce qu'il voudrait entreprendre. Elle fut consulter la fée sur cela, qui lui dit : Madame, il fallait souhaiter à votre fils de la bonne volonté plutôt que des talens ; il ne veut qu'être bien méchant, il y réussit, comme vous le voyez. Après avoir dit ces paroles à la reine, elle lui tourna le dos. Cette pauvre princesse, fort affligée, retourna à son palais. Elle voulut gronder Fortuné pour l'obliger à mieux faire ; mais au lieu de lui promettre de se corriger, il dit que, si on le chagrinait, il se laisserait mourir de faim. Alors la reine, toute effrayée, le prit sur ses genoux, le baisa, lui donna des bonbons et lui dit qu'il n'étudierait pas de huit jours, s'il voulait bien manger comme à son ordinaire. Cependant le prince Fatal était un prodige de science et de douceur ; il s'était tellement accoutumé à être contredit, qu'il n'avait point de volonté, et ne s'attachait qu'à prévenir les caprices de Fortuné. Mais ce méchant enfant, qui enrageait de le voir plus habile que lui, ne pouvait le souffrir, et les gouverneurs, pour plaire à leur jeune maître battaient Fatal à tous momens. Enfin ce méchant enfant dit à la reine qu'il ne voulait plus voir Fatal, et qu'il ne mangerait pas qu'on ne l'eut chassé du palais. Voilà donc Fatal dans la rue ; et comme on avait peur de déplaire au prince , personne ne voulut le recevoir. Il passa la nuit sous un arbre , mourant de froid, car c'était en hiver, et n'ayant pour son souper qu'un morceau de pain qu'on lui avait donné par charité. Le lende-main matin , il dit en luimême : Je ne veux pas rester à à rien faire, je travaillerai pour gagner ma vie , jusqu'à ce que je sois assez grand pour aller à la guerre. Je me souviens d'avoir lu dans les histoires que de simples soldats sont devenus de grands capi-taines, peut-être aurai-je le même bonheur, si je suis honnête homme. Je n'ai ni père , ni mère, mais Dieu est le père des orphelins, il m'a donné une lionne pour nourrice , et il ne m'abandonnera pas. Après avoir dit cela, Fatal se leva, fit sa prière, car il ne manquait jamais à prier Dieu soir et matin : et quand il priait, il avait les yeux baissés , les mains jointes, et il ne tournait pas la tête de côté et d'autre. Un paysan qui passa , et qui vit Fatal qui priait Dieu de tout son cœur, dit en luimême : Je suis sûr que cet enfant sera un honnête garçon ; j'ai envie de le prendre pour garder mes moutons. Dieu me bénira à cause de lui. Le paysan attendit que Fatal eût fini sa prière, et lui dit : Mon petit ami, voulez-vous venir garder mes moutons? Je vous nourrirai , et j'aurai soin de vous. Je le veux bien , répondit Fatal, et je ferai tout mon possible pour vous bien servir. Ce paysan était un gros fermier, qui avait beaucoup de valets qui le volaient fort souvent; sa femme et ses enfans le vo-laient aussi. Quand ils virent Fatal, ils furent bien contens : C'est un enfant, disaient-ils, il fera tout ce que nous voudrons. Un jour la femme lui dit : Mon ami, mon mari est un avare qui ne me donne jamais d'argent, laisse-moi prendre un mouton, et tu diras que le loup l'a emporté. Madame, lui répondit Fatal, je voudrais de tout mon cœur vous rendre ce service, mais j'aimerais mieux mourir que de dire un men-songe et être un voleur. Tu n'es qu'un sot, lui dit cette femme, personne ne saura que tu as fait cela. Dieu le saura, madame, répondit Fatal; il voit tout ce que nous faisons, et punit les menteurs et ceux qui volent. Quand la fermière entendit ces paroles, elle se jeta sur lui, lui donna des soufflets, et lui arracha les cheveux. Fatal pleurait, et le fermier l'ayant entendu, demanda à sa femme pourquoi elle battait cet enfant. Vraiment, dit-elle, c'est un gourmand, je l'ai vu ce matin manger un pot de crême que je voulais porter au marché. Fi, que cela est vilain d'être gourmand, dit le paysan ; et tout de suite il appela un valet, et lui commanda de fouetter Fatal. Ce pauvre enfant avait beau dire qu'il n'avait pas mangé la crême, on croyait sa maîtresse plus que lui. Après cela, il sortit dans la campagne avec ses moutons, et la fermière lui dit : Hé bien ! voulez-vous à cette heure me donner un mouton? J'en serais bien fâché, dit Fatal, vous pouvez faire tout ce que vous voudrez contre moi, mais vous ne m'obligerez pas à mentir. Cette méchante créature, pour se venger, engagea tous les autres domestiques à faire du mal à Fatal. Il restait à la campagne le jour et la nuit, et au lieu de lui donner à manger comme aux autres valets, elle ne lui envoyait que du pain et de l'eau; et, quand il revenait, elle l'accusait de tout le mal qui se faisait dans la maison. Il passa un an avec ce fermier ; et quoiqu'il couchât sur la terre et qu'il fut si mal nourri, il devint si fort, qu'on croyait qu'il avait quinze ans, quoiqu'il n'en eût que treize : d'ailleurs il était devenu si patient, qu'il ne se chagrinait plus quand on le grondait mal à propos. Un jour qu'il était à la ferme, il entendit dire qu'un roi voisin avait une grande guerre. Il demanda congé à son maître, et fut à pied dans le royaume de ce prince, pour être soldat. Il s'engagea à un capitaine qui était un grand seigneur ; mais il ressemblait à un porteur de chaise, tant il était brutal ; il jurait, il battait ses soldats, il leur volait la moitié de l'argent que le roi donnait pour les nourrir et les habiller ; et sous ce méchant capitaine Fatal fut encore plus malheureux que chez le fermier. Il s'était engagé pour dix ans, et quoiqu'il vît déserter le plus grand nombre de ses camarades, il ne voulut jamais suivre leur exemple : car il disait : J'ai reçu de l'argent pour servir dix ans, je volerais le roi si je manquais à ma parole. Quoique le capitaine fût un méchant homme,

et qu'il maltraitât Fatal tout comme les autres, il ne
pouvait s'empêcher de l'estimer, parce qu'il voyait
qu'il faisait toujours son devoir. Il lui donnait de
l'argent pour faire ses commissions, et Fatal avait
la clef de sa chambre, quand il allait à la campagne
ou qu'il dînait avec ses amis. Ce capitaine n'aimait
pas la lecture, mais il avait une grande bibliothèque,
pour faire croire à ceux qui venaient chez lui qu'il
était un homme d'esprit; car dans ce pays là on
pensait qu'un officier qui ne lisait pas l'histoire ne
serait jamais qu'un sot et qu'un ignorant. Quand
Fatal avait fait son devoir de soldats au lieu d'aller
boire et jouer avec ses camarades, il s'enfermait
dans la chambre du capitaine, et tâchait d'apprendre
son métier, en lisant la vie des grands hommes, et
devint capable de commander une armée. Il y avait
déjà sept ans qu'il était soldat, lorsqu'il fut à la guerre
Son capitaine prit six soldats avec lui, pour aller visiter
un petit bois : et quand il fut dans ce petit bois, le,
soldats disaient tout bas : Il faut tuer ce méchant homme, qui nous donne des coups de canne, et qui nous
vole notre pain. Fatal leur dit qu'il ne fallait pas faire
une si mauvaise action; mais, au lieu de l'écouter, ils
lui dirent qu'ils le tueraient avec le capitaine, et
mirent tous les cinq l'épée à la main. Fatal se mit
à côté de son capitaine, et se battit avec tant de va-
leur, qu'il tua lui seul quatre de ces soldats. Son
capitaine, voyant qu'il lui devait la vie, lui demanda
pardon de tout le mal qu'il lui avait fait, et ayant
raconté au roi ce qui lui était arrivé, Fatal fut fait
capitaine, et le roi lui fit une grosse pension. Oh,
dame, les soldats n'auraient pas voulu tuer Fatal, car
il les aimait comme ses enfans; et loin de leur voler
ce qui leur appartenait, il leur donnait de son propre
argent, quand ils faisaient leur de voir. Il avait soin
d'eux quand ils étaient blessés, et ne les reprenait
jamais par mauvaise humeur. Cependant on donne
une grande bataille, et celui qui commandait l'armée
ayant été tué, tous les officiers et les soldats s'enfuirent, mais Fatal cria tout haut qu'il aimait mieux
mourir les armes à la main que de fuir comme un
lâche. Ses soldats lui crièrent qu'ils ne voulaient point

'abandonner, et leur bon exemple ayant fait honte
aux autres, ils se rangèrent au tour de Fatal, et
combattirent si bien, qu'ils firent le fils du roi ennemi
prisonnier. Le roi fut bien content quand il sut qu'il
avait gagné la bataille, et dit à Fatal qu'il le faisait
général de toutes ses armées. Il le présenta ensuite à
la reine et à la princesse sa fille qui leur donnèrent
leurs mains à baiser. Quand Fatal vit la princesse, il
resta immobile. Elle était si belle, qu'il en devint
amoureux à devenir fou ; et ce fut alors qu'il fut bien
malheureux : car il pensait qu'un homme comme lui
n'était pas fait pour épouser une grande princesse. Il
résolut donc de cacher soigneusement son amour, et
tous les jours il souffrait les plus grands tourmens : mais
ce fut bien pis quand il apprit que Fortuné, ayant vu
un portrait de la princesse, qui se nommait *Gracieuse*,
en était devenu amoureux et qu'il envoyait des ambassadeurs pour la demander en mariage. Fatal pensa
mourir de chagrin ; mais la princesse Gracieuse, qui
savait que Fortuné était un prince lâche et méchant,
pria si fort le roi son père de ne la point forcer à l'é-
pouser, qu'on répondit à l'ambassadeur que la
princesse ne voulait point encore se marier. Fortuné,
qui n'avait jamais été contredit, entra en fureur quand
on lui eut rapporté la réponse de la princesse ; et son
père, qui ne pouvait rien lui refuser, déclara la guerre
au père de Gracieuse qui ne s'en embarrassa pas beaucoup ; car il disait : Tant que j'aurai Fatal à la tête de
mon armée, je ne crains pas d'être battu. Il envoya donc
chercher son général, et lui dit de se préparer à faire
la guerre : mais Fatal, se jetant à ses pieds, lui dit
qu'il était né dans le royaume du père de Fortuné, et
qu'il ne pouvait pas combattre contre son roi. Le
père de Gracieuse se mit fort en colère, et dit à Fatal
qu'il le ferait mourir, s'il refusait de lui obéir ; et
qu'au contraire il lui donnerait sa fille en mariage,
s'il remportait la victoire sur Fortuné. Le pauvre
Fatal qui aimait Gracieuse à la folie, fut bien tenté ;
mais à la fin, il se résolut à faire son devoir. Sans rien
dire au roi, il quitta la cour et abandonna toutes ses
richesses. Cependant Fortuné se mit à la tête de son
armée pour aller faire la guerre ; mais, au bout de

quatre jours, il tomba malade de fatigue, car il était
fort délicat, n'ayant jamais voulu faire aucun exer-
cice. Le chaud, le froid, tout le rendait malade.
Cependant l'ambassadeur, qui voulait faire sa cour
à Fortuné, lui dit qu'il avait vu à la cour de Gracieuse
ce petit garçon qu'il avait chassé de son palais, et
qu'on disait que le père de Gracieuse lui avait promis
sa fille. Fortuné, à cette nouvelle, se mit dans une
forte colère, et aussitôt qu'il fut guéri, il partit pour
détrôner le père de Gracieuse, et promit une grosse
somme d'argent à celui qui lui amènerait Fatal. Fortuné
remporta de grandes victoires, quoiqu'il ne combattit
pas lui-même, car il avait peur d'être tué. Enfin il
assiégea la ville capitale de son ennemi, et résolut
de faire donner l'assaut. La veille de ce jour, on lui
amena Fatal, lié avec de grosses chaînes : car un
grand nombre de personnes s'étaient mises en chemin
pour le chercher. Fortuné, charmé de pouvoir se
venger, résolut, avant de donner l'assaut, de faire couper la tête à Fatal à la vue des ennemis. Ce jour-là
même, il donna un grand festin à ses officiers, parce
qu'il célébrait son jour de naissance, ayant justement
vingt-cinq ans. Les soldats qui étaient dans la ville,
ayant appris que Fatal était pris, et qu'on devait dans
une heure lui couper la tête, résolurent de périr ou
de le sauver ; car ils se souvenaient du bien qu'il leur
avait fait pendant qu'il était leur général. Ils demandèrent donc permission au roi de sortir pour combattre,
et cette fois ils furent victorieux. Le don de Fortuné
avait cessé ; comme il voulait s'enfuir, il fut tué. Les
soldats victorieux coururent ôter les chaînes à Fatal,
et dans le même moment on vit paraître en l'air deux
chariots brillans de lumière. La fée était dans un de ces
chariots, et le père et la mère de Fatal étaient dans
l'autre, mais endormis. Ils ne s'éveillèrent qu'au
moment où leurs chariots touchaient la terre, et ils
furent bien étonnés de se voir au milieu d'une armée.
La fée alors s'adressant à la reine, et lui présentant
Fatal, lui dit : Madame, reconnaissez dans ce héros
votre fils aîné ; les malheurs qu'il a éprouvés ont corrigé
les défauts de son caractère, qui était violent et
emporté. Fortuné, au contraire, qui était né avec de

bonnes inclinations, a été absolument gâté par la flatterie, et Dieu n'a pas permis qu'il vécut plus long-temps, parce qu'il serait devenu plus méchant chaque jour Il vient d'être tué : mais, pour vous consoler de sa mort, apprenez qu'il était sur le point de détrôner son père, parce qu'il s'ennuyait de n'être pas roi. Le roi et la reine furent bien étonnés, et ils embrassèrent de bon cœur Fatal, dont ils avaient entendu parler avantageusement. La princesse Gracieuse et son père apprirent avec joie l'aventure de Fatal, qui épousa Gracieuse, avec laquelle il vécut fort long-temps dans une parfaite concorde, parce qu'ils s'étaient unis par la vertu.

LADI CHARLOTTE, *faisant un soupir.*

Ah ! que je suis contente de voir le pauvre Fatal tranquille ! j'avais toujours peur que le méchant Fortuné ne lui fît couper la tête.

MADEMOISELLE BONNE.

Je gage qu'il n'y en a pas une de vous, mesdames, qui ne soit bien aise que Fortuné ait été tué.

LADI MARY.

Quant à moi j'en suis bien contente ; car, s'il n'éta pas mort, il aurait toujours cherché à faire du mal à son frère.

MISS MOLLY.

Ce n'était pas la faute de Fortuné d'être si méchant, mais celle de son papa et de sa maman : pourquoit l'avait-on si mal élevé ?

MADEMOISELLE BONNE.

Vous avez raison, ma chère. Il me semble que si j'avais été à la place de la fée, j'aurais bien puni cette sotte mère qui lui donnait des bonbons pour l'apaiser. Mais, mes enfans, il faut faire une réflexion. Vous aimez toutes Fatal, et vous haïssez Fortuné. Hé bien, imaginez-vous que les hommes sont tous du même goût que vous. Ils aiment le bons, et sont fâchés quand il leur arrive du mal. S'il arrive un malheur à un honnête homme, tout le monde est triste, et même ceux qui ne le connaissent pas particulièrement. Retenez bien cela, mes enfans, vous êtes de qualité, vous êtes riches, ce ne sont point des choses qui vous feront aimer et estimer, mais votre vertu. À quoi sert que vous soyez riches, si vous gardez tout votre argent, si vous ne payez pas les ouvriers qui travaillent pour vous, si vous laissez mourir les pauvres de faim ? Vous voyez bien que vos richesses ne vous rendent pas aimables ; au contraire, toutes les fois que vous refusez d'assister les pauvres, ceux qui vous voient disent en eux-mêmes : Ho ! la méchante femme, c'est bien dommage qu'elle soit riche, et il serait bien mieux que madame une telle eût tout son argent, car elle est bien charitable. Retenez cela, ladi Charlotte : si vous continuez à être méchante, on vous mépriserait, on vous haïrait, quoique vous soyez ladi.

LADI CHARLOTTE.

Hélas, ma Bonne, cela est bien vrai. Ma gouvernante, ma servante, mon papa, maman, mes sœurs, jusqu'aux servantes de cuisine, personne ne me peut souffrir ; mais vous savez que je veux me corriger.

MADEMOISELLE BONNE.

Oui, ma chère, je l'espère, et si vous avez le courage de suivre mes conseils, nous viendrons à bout de vous corriger.

LADI CHARLOTTE.

De tout mon cœur je ferai ce que vous me direz.

MADEMOISELLE BONNE.

Par exemple, ma chère, j'ai lu votre papier en secret. Hé bien, si vous étiez bonne fille, vous me donneriez la permission de le lire tout haut. Je sais que cela sera bien horrible, et que vous serez bien honteuse ; mais aussi cela vous aiderait à vous corriger.

LADI CHARLOTTE.

Si vous croyez que cela puisse m'aider à me corriger, je le veux bien, ma Bonne.

MADEMOISELLE BONNE.

Oui, je vous le promets. Quand vous aurez envie
de dire ou de faire quelque sottise, vous penserez en
vous-même : J'ai promis de l'écrire, et on le lira
devant ces dames ; et la peur de l'entendre lire vous
empêchera de la faire. Voyons donc ce papier ; venez
à côté de moi, ma chère, que je vous embrasse auparavant ; car je suis bien contente de votre courage :
voulez-vous lire vous-même ?

LADI CHARLOTTE.

Non, ma Bonne, je suis trop honteuse.

MADEMOISELLE BONNE.

C'est bonne marque que vous soyez honteuse. Hé
bien, je vais lire.

« J'ai refusé d'obéir à mademoiselle ; je lui ai dit
qu'elle était bien hardie de me commander, puisqu'elle n'était que ma servante. Je lui ai dit aussi
que je souhaitais la mettre si fort en colère, qu'elle
me donnât un coup pour me casser un bras ou une
jambe, parce que cela la ferait chasser de la maison. »

LADI CHARLOTTE, *en pleurant.*

Ah ! ma Bonne, ces dames ne voudront plus me
souffrir dans leur compagnie, à présent qu'elles savent
combien je suis méchante.

MADEMOISELLE BONNE.

Mais, ma chère, elles voient combien vous avez
envie de vous corriger. Ecoutez bien, mon enfant,
nous naissons tous avec des défauts ; les honnêtes gens,
quand ils étaient jeunes, en avaient autant que les
méchans, mais ils se sont corrigés ; voilà toute la
différence qu'il y a. Je veux bien vous avouer une
chose, ma chère, c'est que quand j'étais petite, j'étais
aussi méchante que vous ; mais, par bonheur, j'avais
une bonne gouvernante qui m'aimait beaucoup. Je
suivis ses conseils, et en deux mois je me corrigeai,
en sorte qu'on ne me reconnaissait pas. Je ne vous
dirai point combien ce que vous avez dit à votre
demoiselle est horrible ; je veux l'oublier, parce que
vous reconnaissez votre faute.

LADI SENSÉE.

Ne pleurez pas, ma bonne amie, nous vous aimons de tout notre cœur ; et pour moi, je gagerais que vous ne ferez jamais de pareilles fautes.

LADI SPIRITUELLE.

Ma Bonne, je lisais, il y a quelques temps, qu'il y avait un grand philosophe que tout le monde admirait à cause de sa bonté. Hé bien ! il dit un jour qu'il était né gourmand, menteur, ivrogne, voleur ; mais personne ne le voulait croire, parce qu'il s'était tout-à-fait corrigé. Ainsi quand ladi Charlotte sera grande, on ne voudra pas croire qu'elle ait été méchante ; car elle sera si bonne, qu'on en sera charmé.

MADEMOISELLE BONNE.

Et à présent, ma chère, on aurait de la peine à croire que vous étiez, il n'y a qu'un mois, une orgueilleuse, qui preniez plaisir à parler des défauts des autres, pour les humilier : vous vous corrigez, et si cela continue, je vous aimerai à la folie. Mais, dites, moi, je vous prie, le nom de ce philosophe ?

LADI SPIRITUELLE.

Il s'appelait Socrate,

LADI MARY.

Ah ! je le connais bien, ma Bonne ; vous m'avez appris hier une jolie histoire de lui.

MADEMOISELLE BONNE.

Répétez-la à ses dames, ma chère.

LADI MARY.

Socrate avait une femme si méchante qu'elle ne cessait de l'outrager par mille sortes d'injures. Un jour qu'elle l'avait beaucoup querellé, il sortit de chez lui, pour ne la plus entendre. Cette méchante femme fut fort fâchée de n'avoir plus personne à gronder, et cela l'a mit si fort en colère, qu'elle prit un pot plein d'eau sale, et jeta cette eau sur la tête de son mari. Vous croyez peut-être, mesdames, que Socrate se fâcha contre sa femme : point du tout, il se mit à rire, a dit à l'un de ses amis qui était là : *Après le tonnerre, il vient toujours de la pluie.* La gronderie de sa femme, il l'appelait le tonnerre, et l'eau sale, c'était la pluie, qui avait gâté tout son habit.

LADI SENSEE.

Je suis sûre que sa femme aurait mieux aimé qu'il eût battue que de le voir rire.

MADEMOISELLE BONNE.

Vous avez raison, ma chère. Il ne faut pas chercher à se venger, cela est vilain. Mais il est pourtant vrai qu'on se venge des gens qui ne nous font point de mal, en riant du mal qu'ils nous font. Ils avaient envie de vous fâcher, et vous ne leur donnez pas ce plaisir; cela les mortifie beaucoup : mais, comme je vous l'ai dit, il ne faut pas rire pour les fâcher, cela ne serait pas bien; au contraire, quand une personne vous dit des injures, ou cherche à vous donner du chagrin, il faut dire en vous-même : Cette pauvre personne ne peut me faire du mal, si je ne me fâche pas; mais elle se fait beaucoup de mal à elle même, en cherchant à me fâcher; elle est bien a plaindre; j'ai pitié d'elle. Mon Dieu, faites-lui la grâce de se corriger; je lui pardonne de bon cœur le tort qu'elle a voulu me faire. Car, voyez-vous, mes enfans, il faut aimer nos ennemis et leur pardonner, si nous voulons que Dieu nous pardonne. Présentement, miss Molly et ladi Mary vont nous raconter leurs histoires.

MISS MOLLY.

Quand Noé fut sorti de l'arche, il planta la vigne. Il vint du raisin à cette vigne, et Noé fit du vin avec ce raisin. Quand il eut fait du vin, il voulut savoir quel goût il avait, car il est à croire qu'il n'y avait point eu de vin auparavant. Mais ce patriarche but avec tant d'excès de cette liqueur, qu'il en perdit la raison, et fit des sottises. Son fils Cham, au lieu d'être fâché de voir les sottises que son père faisait, se mit à rire, et appela ses deux frères Sem et Japhet, pour se moquer de lui, mais ses frères lui dirent : Fi ! cela est vilain, de se moquer de son père; quand le

papa ou la maman font mal, il ne faut jamais le dire
à personne. Quand Noé eut dormi, et qu'il eut re-
couvré sa raison, il sut ce que ses enfans avaient fait,
et dit à Cham : Vous êtes un méchant, parce que vous
avez perdu le respect que vous me deviez; je vous
maudis, et au contraire, je donne ma bénédiction à
vos frères.

LADI MARY.

Qu'est - ce que cela veut dire : *Je vous maudis ?*

MADEMOISELLE BONNE.

Cela veut dire : Je vous souhaite toutes sortes de
malheurs, et je prie Dieu de vous les envoyer.

LADI CHARLOTTE.

Et le bon Dieu envoie-t-il des malheurs aux enfans maudits ?

MADEMOISELLE BONNE.

Presque toujours, ma chère. C'est le plus grand
malheur qui puisse arriver à un enfant, que d'être
maudit par son père et sa mère. Or, on s'expose à
ce malheur, quand on leur donne du chagrin, en leur
désobéissant, en leur parlant sans respect, en se
mariant sans leur permission.

LADI SPIRITUELLE.

Oh ! cela est bien vrai ; je connais plusieurs dames qui se sont mariées malgré leurs parens, elles sont
les plus malheureuses du monde, à ce que l'on dit.

MADEMOISELLE BONNE.

Cela est presque sûr; ainsi, mes enfans, prenez
bien garde à ne pas chagriner vos pères et mères ;
car, si par malheur ils vous maudissaient, vous seriez
bien à plaindre. Voyez aussi combien il est dangereux de boire du vin et des liqueurs fortes, cela
fait perdre la raison, et on fait des sottises

LADI SPIRITUELLE.

Ma Bonne, est-ce un péché de boire du vin? Je
n'ai jamais perdu la raison en buvant, mais je vous
avouerai que j'aime le vin blanc, celui qui est sucré.

MADEMOISELLE BONNE.

Il faut mes enfans, que je vous raconte une histoire que j'ai lue quelque part : c'est saint Augustin qui la rapporte, et cela est arrivé à sa mère, qui se nommait Monique. Quand elle était petite fille, elle avait une sage gouvernante, qui ne lui permettait pas de boire du vin, excepté à dîner et à souper. Elle lui disait : Ma chère, tant que vous êtes jeune, vous ne buvez que de l'eau, mais quand vous serez mariée et votre maîtresse, si vous avez pris l'habitude de boire à tout moment sans soif, vous boirez du vin, et vous perdrez la raison. Monique n'avait jamais goûté de vin pur de toute sa vie ; quand elle eut quatorze ans, son papa l'envoyait à la cave avec la servante, et un jour elle dit : Je veux voir quel goût a le vin. Elle en but une petite goutte, et cela ne lui parut pas trop bon. Le lendemain, il lui prit fantaisie d'en boire encore, elle en avala quelques gorgées, et trouva qu'il était meilleur ; enfin elle s'y accoutuma si bien, qu'elle en buvait de grands verres. Heureusement pour elle, elle eut une dispute avec sa servante qui l'appela petite ivrognesse : ce reproche la rendit si honteuse, qu'elle se corrigea : car c'est la plus grande injure qu'on puisse dire à une dame, que de lui reprocher qu'elle boit beaucoup de vin, du punch et des liqueurs fortes.

Vous voyez par-là, mes enfans, qu'il faut bien prendre garde aux mauvaises habitudes, et surtout à celle-là : ainsi vous pouvez boire du vin quand on vous en donne, car je suppose qu'on ne vous en donne guère ; mais il serait épouvantable d'en demander ou d'en boire sans permission. Allons, ladi Mary, dites-nous votre histoire.

LADI MARY.

Noé et ses trois fils ayant eu beaucoup d'enfans, le pays où ils demeuraient leur parut trop petit, e ils résolurent de se séparer. Mais auparavant ils voulurent bâtir une grande tour, bien plus haute que le clocher de Saint-Paul ; parce qu'ils voulaient que ceux qui viendraient au monde, quand ils seraient morts, dissent qu'ils avaient beaucoup d'esprit

de faire un si bel ouvrage. Ils disaient aussi : Si Dieu
voulait nous noyer une autre fois, nous monterions
au haut de cette tour, et l'eau ne pourrait venir jus-
que-là. Ils commencèrent donc cette tour ; mais Dieu
se moqua de leur vanité et de leur folie, car tout d'un
coup il leur fit oublier la langue qu'ils savaient, et
leur en apprit une autre, en sorte qu'ils ne s'enten-
daient plus. C'est comme si nous oublions présentement
le français et l'anglais, que je parlasse le latin, et ma
Bonne parlât l'allemand, et ladi Sensée l'italien :
nous serions obligées de nous séparer, car nous ne
pourrions plus nous entendre. Ces hommes donc
furent bien surpris : car, quand l'un disait : Donnez-moi une pierre, l'autre, qui ne l'entendait pas,
lui apportait de l'eau ou du bois. Il fallut donc laisser
la tour, qui était déjà bien avancée : on la nomma
Babel, qui veut dire *confusion*, et chacun pensa à s'en
aller de son côté. Les enfans de Cham et de Chanaan
son fils, furent du côté de l'Orient ; ceux de Japhet
allèrent demeurer à l'Occident, et ceux de Sem habi-
tèrent dans le pays d'Assur.

MISS MOLLY.

Ma Bonne, je ne connais point tous ces côtés-là

MADEMOISELLE BONNE.

Je vais vous les montrer sur une carte de géographie,
ma chère..... Voyez-vous cette carte ? Le côté qui est
tout en haut s'appelle, le *nord* ou le *septentrion* ; celui
qui est tout en bas, s'appelle le *sud* ou le midi ; celui
qui est à votre main droite, s'appelle *l'est* ou *l'orient* ;
et celui qui est à votre main gauche s'appelle *l'ouest*
ou *l'occident*.

LADI MARY

Ma Bonne, pourquoi cette carte est-elle de quatre
couleurs ?

MADEMOISELLE BONNE.

Pour marquer ce qui est *terre*, d'avec ce qui est
eau, et pour distinguer les cinq parties du monde,
qu'on appelle l'*Europe*, l'*Asie*, l'*Afrique*, l'*Amérique*
et l'*Océanie*. L'Europe est au nord, l'Asie est à
l'ouest, l'Afrique est au sud, l'Amérique est à l'ouest,

et l'Océanie est au sud de l'Asie. Adam a été créé dans l'Asie, et nous vivons dans l'Europe.

LADI SPIRITUELLE.

Dites-moi, je vous prie, lequel des enfans de Noé est notre père ?

MADEMOISELLE BONNE.

Répondez ladi Sensée.

LADI SENSÉE.

C'est Japhet.

LADI MARY.

Ma Bonne, je crois que cela est fort joli de con naître les cartes ; voulez-vous bien me la laisser encore regarder, et me dire ce que toute cette écriture et ces lignes signihent ?

MADEMOISELLE BONNE.

Volontiers, ma chère. L'étude de la carte s'appelle la *géographie*; et tous les jours nous en dirons quelque chose : pour aujourd'hui, nous en avons assez appris; retenez bien les quatre côtés du monde, et ses cinq parties, jusqu'à la première leçon.

LADI SPIRITUELLE.

Ma Bonne, il y a dans la fable plusieurs choses qui ressemblent à l'Histoire sainte : par exemple, l'âge d'or, le déluge, l'entreprise des géans, etc.

LADI MARY.

Ma Bonne, qu'est-ce que ces Géans ?

MADEMOISELLE BONNE.

Vous êtes encore trop petite pour apprendre cela

MISS MOLLY.

Ah, ma Bonne, je serai bien sage, dites moi cela, je vous prie ; je vous écouterai bien.

MADEMOISELLE BONNE.

Je vous gâte, je pense ; car je fais tout ce que vous voulez. Ecoutez donc bien.

4

Après le déluge, les hommes ne savaient pas encore
écrire ; ainsi il n'y avait point de livres.

LADI CHARLOTTE.

Comment donc avons-nous pu savoir l'histoire d'A-
dam, puisqu'on ne l'a pas écrite.

MADEMOISELLE BONNE.

Adam conta cette histoire à ses enfans, ses enfans
l'apprirent à Noé. Quand il fut sorti de l'arche,
Noé la dit à ses fils, et il leur recommanda de l'apprendre aussi à leurs enfans. Sem, qui était bien
obéissant à son père, lui obéit, et jamais ses enfans
ne l'oublièrent; mais Cham et Japhet n'y pensèrent pas
beaucoup. Les quatre fils de Japhet vinrent demeurer
dans un pays qu'on appelait la Grèce, et on les nomma
Grecs : or les Grecs aimaient beaucoup les contes et
les fables, et ils en composaient sur tout ce qui arrivait. Au lieu de rapporter les histoires comme leurs
pères les leurs avaient apprises, ils en firent des fables,
et voici celles qu'ils firent à l'occasion de la tour de
Babel. Mais, avant de vous dire cette fable, il faut
que je vous apprenne que ces Grecs étaient des méchans,
qui au lieu d'adorer le bon Dieu, adoraient les hommes et avaient une religion extravagante. Il y avait
eu plusieurs rois nommés *Jupiter*, ils firent un Dieu
de ces rois, et toutes les bonnes et les mauvaises
actions que ces rois nommés *Jupiter* avaient faites,
ils disaient qu'elles avaient été faites par une seule personne qui était *Jupiter* roi du ciel.

Ils disaient encore que les Géans étaient de grands
hommes; grands comme cette maison, et qu'ils eurent
envie de chasser *Jupiter* du ciel ; mais comme ils
n'avaient pas une échelle assez grande pour y monter,
ils prirent les plus grandes montagnes, et, les mettant
les unes sur les autres, ils en firent une échelle. Ils
étaient bien près d'y atteindre, mais Jupiter les tua à
coups de tonnerre ; et ceux qui ne furent pas tués,
il mit sur leurs corps ces hautes montagnes qu'ils
avaient apportées. Vous comprenez bien, mes enfans, que cette fable n'est pas vraie

LADI MARY.

merveille, ma Bonne. Ces montagnes, cela veut
dire les pierres dont les enfans de Noé faisaient une
tour, et ce tonnerre, cela veut montrer comment
Dieu les punit, en leur faisant oublier leur langage
pour en parler un autre.

MADEMOISELLE BONNE

Voilà ce qui s'appelle une fille d'esprit; hé bien,
puisque vous comprenez cette fable, je vais vous
dire une autre folie des Grecs. Savez-vous ce que c'est
qu'un tremblement de terre ?

MISS MOLLY.

Non, ma Bonne.

ADI MARY ET LADI CHARLOTTE.

Ni nous, non plus.

MADEMOISELLE BONNE.

Ladi Sensée et ladi Spirituelle le savent bien :
mais je vais le répéter à cause de vous, mesdames. Il
arrive quelquefois que tout d'un coup la terre s'ébranle
sous nos pieds, et fait branler toutes les maisons;
les Grec disaient que la terre tremblait toutes les fois
que les Géans qui étaient sous les montagne tâchaient
d'en sortir.

LADI SPIRITUELLE,

C'est bien fou; mais, je vous prie, dites-nous la
vérité, qu'est-ce qui fait trembler la terre ?

MADEMOISELLE BONNE.

J'ai ouï dire que ce sont de grands feux souterrains,
ou des vents renfermés dans la terre, qui font effort
pour sortir, et qui quelquefois s'ouvrent un passage,
sortent et se dilatent.

LADI MARY, *joignant les mains*.

Oh ! mon Dieu, ma Bonne, que cela est horrible,
de voir sortir du feu de la terre ! Je mourrais de peur
s'il y avait un tremblement de terre à Londres ; nous
serions tous brûlés.

MADEMOISELLE BONNE.

Oh ! que non, ma chère. Il y a trois pays, surtout
en Europe, où l'on trouve trois grandes montagnes qui
jettent du feu. On appelle cela des *volcans* : retenez
ce mot, mes enfans; mais le feu qui sort des volcans
n'empêche pas qu'il n'y ait des habitans.

LADI CHARLOTTE.

Comment appelle-t-on ces pays, ma Bonne.

MADEMOISELLE BONNE.

Il y a un volcan dans l'Italie, près d'une ville qu'on
appelle Naples, et il est sur le haut d'une grande
montagne, nommée le Vésuve. Il y en a un autre
dans l'île de Sicile sur une grande montagne qu'on nomme Etna; et un autre dans l'île d'Islande, sur la montagne d'Hécla.

LADI MARY.

Qu'est-ce qu'une île, s'il vous plaît ?

MADEMOISELLE BONNE.

Je serais charmée de vous l'apprendre aujourd'hui,
mes enfans; mais il est sept heures passées; il faut
nous quitter; ce sera pour la première fois. Adieu,
mes bons enfans. Continuez à être bien sages, je re-
commande cela, surtout à ladi Charlotte. Si elle se
corrige d'ici à la première leçon, elle aura un joli
conte

7e DIALOGUE.

CINQUIÈME JOURNÉE.

MADEMOISELLE BONNE.

Bonjour, mesdames; attendez un peu, je vous prie, je veux regarder ladi Charlotte entre deux yeux..... Je gage qu'elle n'a pas fait beaucoup de sottises, car elle a l'air bien contente.

LADI CHARLOTTE.

Ma Bonne, j'ai commencé beaucoup de sottises, mais je n'en ai pas fini une seule. Hier, j'ai dit à ma servante vous êtes une imper..... et puis je me suis arrêtée tout d'un coup; une autre fois, j'ai levé la main pour la battre, mais je ne l'ai pas fait.

MADEMOISELLE BONNE.

Je vous l'avais bien dit, ma chère, que vous vous corrigeriez. Cela ira de mieux en mieux, j'en suis sûre. Puisque vous m'avez tenu parole, il est juste que je tienne la mienne. Allons nous asseoir sous les arbres dans le jardin, en attendant l'heure du thé, je vous dirai le conte que je vous ai promis.

CONTE DU PRINCE CHARMANT.

Il y avait une fois un prince qui n'avait que seize ans lorsqu'il perdit son père. D'abord il fut un peu triste : et puis le plaisir d'être roi le consola bientôt. Ce prince, qui se nommait *Charmant*, n'avait pas un mauvais cœur, mais il avait été élevé en prince, c'est-à-dire, à faire sa volonté; et cette mauvaise habitude l'aurait sans doute rendu méchant par la suite. Il commençait déjà à se fâcher, quand on lui faisait voir

qu'il s'était trompé. Il négligeait les affaires pour se
livrer à ses plaisirs ; surtout il aimait si passionnément
la chasse, qu'il y passait presque toutes les journées.
Il avait été gâté, comme le sont presque toujours
les princes. Pourtant il avait un bon gouverneur; il
l'aimait beaucoup étant jeune ; mais lorsqu'il fut
devenu roi, il pensa que ce gouverneur était trop
vertueux. Je n'oserai jamais suivre mes fantaisies devant lui, disait-il en lui-même. Il dit qu'un prince
doit donner tout son temps aux affaires de son royaume, et je n'aime que mes plaisirs. Quand même
il ne me dirait rien, il serait triste, et je reconnaîtrais
à son visage qu'il serait mécontent de moi : il faut l'é-
loigner, car il me gênerait. Le lendemain, Charmant
assembla son conseil, donna de grandes louanges à
son gouverneur, et dit que, pour le récompenser du
soin qu'il avait eu de lui, il lui donnait le gouverne-
ment d'une province qui était fort éloignée de la
cour. Quand son gouverneur fut parti, il se plongea
dans les délices et se livra à la chasse, qu'il aimait
avec fureur. Un jour que Charmant était dans une
grande forêt, il vit passer une biche blanche comme
la neige, elle avait un collier d'or au cou, et lorsqu'elle
fut proche du prince, elle le regarda fixément et ensuite elle s'éloigna. Je ne veux pas qu'on la tue,
s'écria Charmant. Il commanda donc à ses gens de
rester là avec ses chiens, et il suivit la biche. Il semblait qu'elle l'attendait ; mais, lorsqu'il était près d'elle,
elle s'éloignait en sautant et gambadant. Il avait tant
envie de la prendre, qu'en la suivant, il fit beaucoup
de chemin, sans y penser. La nuit vint, et il perdit
la biche de vue. Le voilà bien embarrassé, car il
ne savait où il était. Tout d'un coup il entendit des
instrumens, mais ils paraissaient être bien loin.
Il suivit ce bruit agréable, et arriva enfin à un grand
château, où l'on donnait ce beau concert. Le portier
lui demanda ce qu'il voulait, et le prince lui conta son
aventure. Soyez le bien venu, lui dit cet homme; on
vous attend pour souper; car la biche blanche appartient à ma maîtresse; et toutes les fois qu'elle la fait
sortirt c'est pour lui amener compagnie. En même
temps le portier siffla, et plusieurs domestiques pa

rurent avec des flambeaux et conduisirent le prince dans un appartement bien éclairé. Les meubles de cet appartement n'étaient pas magnifiques, mais tout était si propre et si bien arrangé, que cela faisait plaisir à voir. Aussitôt il vit paraître la maîtresse de la maison. Le prince fut ébloui de sa beauté, et, s'étant jeté à ses pieds, il ne pouvait parler, tant il était occupé à la regarder. Levez-vous, mon prince, lui dit-elle en lui donnant la main. Je suis charmée de l'admiration que je vous cause : vous me paraissez si aimable, que je souhaite de tout mon cœur que vous soyez celui qui doit me tirer de ma solitude. Je m'appelle *Vraie-Gloire*, et je suis immortelle. Je vis dans ce château depuis le commencement du monde, en attendant un mari. Un grand nombre de rois sont venus me voir ; mais quoiqu'ils m'eussent juré une fidélité éternelle, ils ont manqué à leur parole, et m'ont abandonnée pour la plus cruelle de mes ennemies. Ah ! belle princesse, dit Charmant, peut-on vous oublier quand on vous a vue une fois ? Je jure de n'aimer jamais que vous, et dès ce moment, je vous choisis pour reine : et moi je vous accepte pour mon roi, lui dit Vraie-Gloire ; mais il ne m'est pas permis de vous épouser encore. Je vais vous faire voir un autre prince qui est dans mon palais, et qui prétend aussi m'épouser. Si j'étais la maîtresse, je vous donnerais la préférence ; mais cela ne dépend pas de moi. Il faut que vous me quittiez pendant trois ans, et celui des deux qui me sera le plus fidèle pendant ce temps aura la préférence.

Charmant fut fort affligé de ces paroles ; mais il le fut bien davantage quand il vit le prince dont Vraie-Gloire lui avait parlé. Il était si beau, il avait tant d'esprit, qu'il craignit que Vraie-Gloire ne l'aimât plus que lui. Il se nommait *Absolu*, et il possédait un grand royaume. Ils soupèrent tous les deux avec Vraie-Gloire, et furent bien tristes quand il fallut la quitter le matin. Elle leur dit qu'elle les attendait dans trois ans, et ils sortirent ensemble du palais. A peine avaient-ils marché deux cents pas dans la forêt, qu'ils virent un palais bien plus magnifique que celui de Vraie-Gloire : l'or, l'argent, le marbre,

les diamans éblouissaient les yeux; les jardins en étaient
superbes, et la curiosité les engagea à y entrer. Ils
furent bien surpris d'y trouver leur princesse, mais
elle avait changé d'habits, sa robe était toute garnie
de diamans, ses cheveux en était ornés, au lieu que
la veille, sa parure n'était qu'une robe blanche garnie
de fleurs. Je vous montrai hier ma maison de campagne, leur dit-elle. Elle me plaisait autrefois ; mais
puisque j'ai deux princes pour amans, je ne la trouve
plus dignes de moi. Je l'ai abandonnée pour toujours,
et je vous attendrai dans ce palais, car les princes doivent aimer la magnificence. L'or et les pierreries ne
sont faits que pour eux ; et quand leurs sujets les voient
si magnifiques, il les respectent davantage. En même
temps elle fit passer ses deux amans dans une grande
salle. Je vais vous montrer, leur dit-elle, les portraits
de plusieurs princes qui ont été mes favoris. En voilà
un qu'on nommait Alexandre, que j'aurais épousé,
mais il est mort trop jeune. Ce prince avec un fort
petit nombre de troupes, ravagea toute l'Asie et s'en
rendit maître. Il m'aimait à la folie, et risqua plusieurs
fois sa vie pour me plaire.

Voyez cet autre : on le nommait Pyrrhus. Le désir
de devenir mon époux l'a engagé à quitter son royaume
pour en acquérir d'autres ; il courut toute sa vie, et fut
tué malheureusement d'une tuile qu'une femme lui jeta
sur la tête. Cet autre se nommait Jules-César : pour
mériter mon cœur, il a fait pendant dix ans la guerre
dans les Gaules; il a vaincu Pompée et soumis les
Romains. Il eût été mon époux; mais ayant contre
mon conseil, pardonné à ses ennemis, ils lui donnèrent vingt-deux coups de poignard. La princesse
leur montra encore un grand nombre de portraits,
et leur ayant donné un superbe déjeûner, qui fut
servi dans des plats d'or, elle leur dit de continuer
leur voyage. Quand ils furent sortis du palais, Absolu
dit à Charmant : Avouez que la princesse était mille
fois plus aimable aujourd'hui avec ses beaux habits
qu'elle n'était hier, et qu'elle avait aussi beaucoup
plus d'esprit. Je ne sais, répondit Charmant; elle
avait du fard aujourd'hui, elle m'a paru changée, à
cause de ses beaux habits : mais assurément elle me

plaisait davantage sous son habit de bergère. Les deux
princes se séparèrent et s'en retournèrent dans leurs
royaumes, bien résolus de faire tout ce qu'ils pourraient pour plaire à leur maîtresse. Quand Charmant
fut dans son palais, il se ressouvint qu'étant petit son
gouverneur lui avait souvent parlé de Vraie-Gloire, et
il dit en lui-même : Puis qu'il connaît la princesse, je
veux le faire revenir à ma cour ; il m'apprendra ce que
je dois faire pour lui plaire. Il envoya donc un courrier
pour le chercher ; et aussitôt que son gouverneur,
qu'on nommait *Sincère*, fut arrivé, il le fit venir dans
son cabinet, et lui raconta ce qui lui était arrivé. Le
bon Sincère, pleurant de joie, dit au roi : Ah ! mon
prince, que je suis content d'être revenu ; sans moi
vous auriez perdu votre princesse. Il faut que je vous
apprenne qu'elle a une sœur, qu'on nomme *Fausse-*
Gloire ; cette méchante créature n'est pas si belle que
Vraie-Gloire, mais elle se farde pour cacher ses défauts. Elle attend tous les princes qui sortent de chez
Vraie-Gloire, et comme elle ressemble à sa sœur,
elle les trompe. Ils croient travailler pour Vraie-
Gloire, et ils se perdent en suivant les conseils de sa
sœur. Vous avez vu que tous les amans de Fausse-
Gloire périssent misérablement. Le prince Absolu
qui va suivre leur exemple, ne vivra que jusqu'à
trente ans ; mais si vous vous conduisez par mes conseils, je vous promets qu'à la fin vous serez l'époux
de votre princesse. Elle doit être mariée au plus grand
roi du monde : travaillez à le devenir. Mon cher Sincère, répondit charmant, tu sais que cela n'est pas
possible. Quelque grand que soit mon royaume, mes
sujets sont si ignorans, si grossiers, que je ne pourrai
jamais les engager à faire la guerre. Or, pour devenir
le plus grand roi du monde, ne faut-il pas gagner un
grand nombre de batailles et prendre beaucoup de
villes ? Ah ! mon prince, repartit Sincère, vous avez
déjà oublié les leçons que je vous ai données. Quand
vous n'auriez pour tout bien qu'une seule ville et deux
ou trois cents sujets, et que vous ne feriez jamais
la guerre, vous pourriez devenir le plus grand roi du
monde : il ne faut pour cela qu'être le plus juste et
le plus vertueux ; c'est là le moyen d'acquérir la prin-

cesse Vraie-Gloire. Ceux qui prennent les royaumes
de leurs voisins, qui, pour bâtir de beaux châteaux,
acheter de beaux habits et beaucoup de diamans, fou
lent leurs peuples, sont trompés, et ne trouveron'
que la princesse Fausse-Gloire, qui alors n'aura plus
son fard, et leur paraîtra dans toute sa difformité.
Vous dites que vos sujets sont grossiers et ignorans,
il faut les instruire. Faites la guerre à l'ignorance et
au crime ; combattez vos passions, et vous serez un
grand roi et un conquérant au-dessus de César, de
Pyrrhus, d'Alexandre et de tous les héros dont Fausse -
Gloire vous a montré les portraits. Charmant résolut
de suivre les conseils de son gouverneur. Pour cela il
pria un de ses parens de commander dans son royaume
pendant son absence, et partit avec son gouverneur
pour voyager dans tout le monde, et s'instruire par
lui-même de tout ce qu'il fallait faire pour rendre ses
sujets heureux. Quand il trouvait dans un royaume
un homme sage ou habile, il lui disait : Voulez-vous
venir avec moi, je vous donnerai beaucoup d'or. Quand
il fut bien instruit, et qu'il eut un grand nombre de
gens habiles, il retourna dans son royaume et les
chargea d'instruire ses sujets, qui étaient très-pauvres
et très-ignorans. Il fit bâtir de grandes villes et quantité
de vaisseaux ; il faisait apprendre à travailler aux
jeunes gens, nourrissait les pauvres malades et les
vieillards, rendait lui-même la justice à ses peuples,
en sorte qu'il les rendit honnêtes gens et heureux. Il
passa deux ans dans ce travail, et au bout de ce temps,
il dit à Sincère : Croyez - vous que je sois bientôt digne
de Vraie-Gloire? Il vous reste encore un grand ouvrage
à faire, lui dit son gouverneur. Vous avez vaincu les
vices de vos sujets, votre paresse, votre amour pour
les plaisirs, mais vous êtes encore l'esclave de votre
colère ; c'est le dernier ennemi qu'il faut combattre.
Charmant eu beaucoup de peine à se corriger de ce
dernier défaut, mais il était si amoureux de sa princesse, qu'il fit les plus grands efforts pour devenir doux
et patient. Il y réussit, et les trois ans étant passés, il
se rendit dans la forêt où il avait vu la biche blanche.
Il n'avait pas mené avec lui un grand équipage, le
seul Sincère l'accompagnait : il rencontra bientôt Absolu

dans un char superbe. Il avait fait peindre sur ce char les batailles qu'il avait gagnées, les villes qu'il avait prises ; et il faisait marcher devant lui plusieurs princes, qu'il avait faits prisonniers, et qui étaient enchaînés comme des esclaves. Lorsqu'il aperçut Charmant, il se moqua de lui et de la conduite qu'il avait tenue. Dans le même moment, ils virent les palais des deux sœurs qui n'étaient pas fort éloignés l'un de l'autre. Charmant prit le chemin du premier, et Absolu en fut charmé, parce que celle qu'il prenait pour sa princesse lui avait dit qu'elle n'y retournerait jamais. Mais à peine eut-il quitté Charmant, que la princesse, Vraie-Gloire, mille fois plus belle, mais toujours aussi simplement vêtue que la première fois qu'il l'avait vue, vint au-devant de lui. Venez, mon prince, lui dit-elle ; grâce à votre ami Sincère, qui vous a appris à me distinguer de ma sœur, vous êtes digne d'être mon époux. Dans le même temps, Vraie-Gloire commanda aux Vertus qui sont des sujettes, de faire une fête pour célébrer son mariage avec Charmant ; et pendant qu'il s'occupait du bonheur qu'il allait avoir d'être l'époux de cette princesse, Absolu arriva chez Fausse-Gloire, qui le reçut parfaitement bien, et lui offrit de l'épouser sur-le-champ. Il y consentit ; mais à peine fut-elle sa femme, qu'il s'aperçut en la regardant de près, qu'elle était vieille et ridée, quoiqu'elle n'eût pas oublié de mettre beaucoup de blanc et de rouge pour cacher ses rides. Pendant qu'elle lui parlait, un fil d'or qui attachait ses fausses dents se rompit, et ses dents tombèrent à terre. Le prince Absolu était si fort en colère d'avoir été trompé, qu'il se jeta sur elle pour la battre ; mais comme il l'avait prise par de beaux cheveux noirs qui étaient fort longs, il fut fort étonné qu'ils lui restassent dans la main ; car Fausse-Gloire portait une perruque ; et comme elle resta nu-tête, il vit qu'elle n'avait qu'une douzaine de cheveux, et encore ils étaient tout blancs. Absolu laissa cette méchante et laide créature, et courut au palais de Vraie-Gloire, qui venait d'épouser Charmant ; et la douleur qu'il eut d'avoir perdu cette princesse, fut si grande, qu'il en mourut. Charmant plaignit son malheur, et vécut long-temps

avec Vraie-Gloire. Il en eut plusieurs filles, mais une
seule ressemblait parfaitement à sa mère. Il la mit dans
le château champêtre, en attendant qu'elle pût trouver
un époux ; et pour empêcher la méchante tante de
lui débaucher ses amans, il écrivit sa propre histoire,
afin d'apprendre aux princes qui voudraient épouser sa
fille, que le seul moyen de posséder Vraie-Gloire est
de travailler à se rendre vertueux et utiles à leurs
sujets, et que, pour réussir dans ce dessein, ils avaient
besoin d'un ami sincère.

LADI MARY.

Ma Bonne, je ne trouve pas ce conte si joli que
les autres ; car je ne connais pas les gens dont Fausse-
Gloire parle aux princes ; je vois bien qu'il me reste
bien des choses à apprendre : dépêchez-vous, je vous
prie, de me les enseigner. Savez-vous bien, ma Bonne,
que j'ai plus de six ans ; je suis déjà bien vieille.

MADEMOISELLE BONNE.

Oh ! cela est vrai, ma chère ; on est vieille à six ans
quand on ne sait rien : mais quand on s'est appliqué,
on est encore assez jeune pour apprendre bien des
choses. Nous allons reprendre la géographie ; mais
auparavant je prie ladi Spirituelle de me dire ce qu'elle
pense du conte que je viens de dire.

LADI SPIRITUELLE.

Bien des choses, ma Bonne. Je pense d'abord que
j'ai fait comme le prince Absolu ; j'ai pris Fausse-
Gloire pour Vraie-Gloire. Je croyais me faire estimer
pour mon esprit, et je ne savais pas qu'il me rendait
haïssable, si je n'étais pas bonne en même temps.
Je pense aussi que le prince Charmant ressemble à
Pierre-le-Grand, empereur de toutes les Russies,
dont j'ai lu l'histoire dans les Magasins français.

MADEMOISELLE BONNE.

Et tout cela est fort bien pensé, ladi Spirituelle.
Voyez-vous mes enfans, nous aimons toutes à être
estimées, louées, c'est-à-dire, que nous sommes amou-
reuses de Belle Gloire, ce qui est fort bien. Mais il

faut bien nous mettre dans l'esprit ce que je vous ai
déjà dit bien des fois, et ce que je vous répéterai encore :
on ne nous estime que pour l'amour de notre vertu,
et non pas pour notre argent, pour nos beaux habits
pour nos titres. Travaillons donc à être vertueux, mes
bons enfans ; il n'y a que cela de nécessaire, et pour
cette vie et pour l'autre. Allons, miss Molly, dites-
nous votre histoire.

MISS MOLLY.

Parmi les enfans de Sem, il y eut, long-temps après
le déluge, un homme qu'on appelait *Abraham*. Il
aimait beaucoup le bon Dieu, et Dieu l'aimait aussi
beaucoup. Il vint demeurer dans un pays qu'on nommait *Chanaan*, avec Sara sa femme, et Loth son
neveu. Dieu lui avait commandé de venir dans ce
pays, et lui avait promis de le rendre père d'un grand
peuple. Abraham, qui était fort vieux, n'avait point
d'enfans ; mais cela ne l'empêcha pas de croire ce que
le bon Dieu lui promettait, parce qu'il savait fort
bien que Dieu pouvait tout. Abraham et son neveu
Loth devinrent fort riches ; car ils avaient un grand
nombre de bœufs, de moutons et de valets. Un jour
les valets d'Abraham et ceux de Loth eurent une grande
dispute ensemble, et Abraham qui savait qu'on fait
un péché quand on se querelle, dit à Loth : Mon frère,
je ne veux pas quereller ; ainsi il faut nous séparer.
Voilà deux pays, choisissez : j'irai demeurer dans celui
que vous ne voudrez pas. Loth, au lieu de dire à
Abraham : Mon oncle, je ne veux point vous quitter,
et je défendrai à mes domestiques de quereller les
vôtres, choisit le plus beau pays, et fut demeurer dans
une ville qu'on appelait *Sodome* ; mais tous les gens
qui demeuraient dans ce pays était bien méchans ; et
quand il venait des étrangers chez eux, ils les mal-
traitaient beaucoup ; toute fois ils ne firent point de
mal à Loth. Un jour que Loth était sur sa porte, il
vit venir deux jeunes hommes. Comme il avait appris,
chez son oncle Abraham, à être charitable, Loth dit
à ces deux hommes : Il est presque nuit, je vous prie
de venir souper et coucher dans ma maison. Les deux
jeunes hommes entrèrent ; mais les habitans de cette

ville, qui voulaient maltraiter ces étrangers, vinrent
à la porte de Loth, et lui dirent qu'ils le feraient mourir,
s'il ne les mettait dehors. Loth eut bien peur; mais
pour tant il dit à ces méchans : Vous pouvez me faire
tout le mal que vous voudrez; mais je ne mettrai pas
ces hommes dans la rue. En même temps ces deux
hommes lui dirent : N'ayez point de peur, nous sommes des anges, et Dieu nous a envoyés pour vous dire
de sortir de cette ville, parce qu'il veut punir ce méchant peuple. Sortez donc avec votre femme et vos
filles; mais surtout ne regardez pas derrière vous; car
Dieu vous punira si vous lui désobéissez. Aussitôt Loth
et sa famille sortirent de Sodome, et les anges mar-
chèrent devant eux. Quand ils furent un peu loin, ils
entendirent un bruit terrible; et la femme de Loth, qui
était curieuse, regarda derrière elle, pour voir d'où
venait ce bruit. Elle vit qu'il tombait une pluie de
feu, qui brûlait tous ces méchans hommes, mais
comme elle désobéissait à Dieu, elle fut changée en
une statue de sel. Son mari et ses filles furent plus
sages qu'elle. Ils ne regardèrent point; et les anges les
laissèrent sur une montagne, d'où ils virent brûler
Sodome et plusieurs autres villes, dont les peuples
étaient aussi fort méchans.

LADI MARY.

Ah ! ma Bonne, que cela est épouvantable, d'être
ainsi brûlé tout vif.

MADEMOISELLE BONNE.

Cela est vrai, ma chère; et cela nous apprend qu'il
ne faut pas nous moquer de Dieu, en lui désobéissant.
Il ne brûle pas aujourd'hui tous les méchans; mais
ceux qu'il ne punit pas pendant qu'ils vivent, il les
punira d'une manière bien terrible après leur mort : il
ne faut pas oublier cela. Dieu est l'ennemi des méchans
qui ne veulent pas se corriger; il compte nos mauvaises
actions, et ceux qui ne lui en demandent pas pardon
de tout leur cœur, il les rendra très-misérables en
cette vie ou en l'autre. Voyez aussi, mes enfans,
combien il faut prendre garde à vivre avec d'honnêtes
gens. Si Loth n'eût pas quitté Abraham, il n'eût

pas perdu sa femme. Il fut sauvé, parce qu'en demeurant avec Abraham, il avait pris la bonne habitude d'être charitable. Il faut donc chercher à être amies des jeunes dames qui sont bonnes, charitables, obéissantes, et fuir comme la peste la compagnie de celles qui voudraient vous donner de mauvais exemples. Allons, ladi Mary, répétez l'histoire que vous avez apprise.

LADI MARY.

Un jour qu'Abraham était devant sa tente, il vit venir trois voyageurs. Il fut au-devant d'eux, et leur dit : Je vous prie, faites-moi l'honneur de vous arrêter ici pour manger un morceau. Les étrangers lui dirent : Nous le voulons bien; et alors Abraham dit à sa femme de préparer du pain et des gâteaux pour ces étrangers; et il commanda à ses valets de leur apprêter de l'eau pour leur laver les pieds, et de la viande pour leur dîner. Après qu'ils eurent dîné, ils dirent à Abraham: Où est votre femme? Abraham leur répondit : Elle est dans sa tente. Et ces trois étrangers, qui étaient des Anges, lui dirent que Sara aurait bientôt un fils. Quand Sara entendit cela, elle se mit à rire, parce qu'elle était très-vieille, et que ce n'est pas la coutume que les vielles femmes aient des enfans. Les anges dirent à Sara : Pourquoi riez-vous? Dieu n'est-il pas le maître de vous donner un fils, lui qui est le tout-puissant? Sara, toute honteuse dit, qu'elle n'avait pas ri. Ah! que cela est vilain de mentir, dirent les anges; demandez pardon à Dieu de cette mauvaise action. En même temps les anges s'en allèrent, et quelque temps après Sara eut un fils qu'elle nomma *Isaac*.

MADEMOISELLE BONNE.

Fort bien, ma bonne amie. Allons, ladi Sensée, faites quelques réflexions.

LADI SENSÉE.

Je répéterai à ces dames les réflexions que vous m'avez faites, quand vous m'avez appris cette histoire. Abraham était un homme bien charitable; puisqu'il ne laissait passer aucun voyageur sans le prier d'entrer

chez lui pour se reposer ; et Sara était bien modeste,
puisqu'elle se tenait cachée dans sa tente , sans se
montrer aux hommes et sans être curieuse de les voir.

LADI CHARLOTTE.

Ma Bonne, est-ce qu'Abraham n'avait point de
maison, que Sara restait dans une tente.

MADEMOISELLE BONNE.

Non , ma chère ; Abraham n'avait point de maison,
quoiqu'il fut un grand seigneur, qui avait plus de
domestiques que le roi. Aujourd'hui , les personnes
riches ont de grandes terres , de belles maisons, de
l'argent ; mais, dans ce temps-là , pour être riche , il
fallait avoir beaucoup de troupeaux. Abraham en avait
une grande quantité, et il lui fallait beaucoup d'herbe
pour les nourrir ; ainsi, quand ses troupeaux avaient
mangé toute l'herbe d'un endroit, on les menait dans
un autre. Vous voyez bien qu'il ne devait pas avoir
de maison, on n'aurait pas pu l'emporter ; mais il avait
des tentes qu'on changeait de place toutes les fois qu'on
quittait un pays pour aller dans un autre.

LADI MARY.

Puisque Sara avait tant de domestiques , pourquoi
son mari lui disait-il de faire du pain pour ces étrangers comme si elle eût été servante ?

MADEMOISELLE BONNE.

Les dames de ce temps-là n'étaient point des pares
seuses comme celles d'aujourd'hui, ma chère. Sara était
comme une princesse , et pourtant elle prenait soin
du ménage de son mari , et faisait elle-même la cuisine ;
les jeunes demoiselles menaient boire les moutons :
tout le monde travaillait.

LADI MARY.

Mais , ma Bonne, cela ne serait pas joli , si maman
faisait elle-même la cuisine.

MADEMOISELLE BONNE.

Vous avez raison, ma chère ; mais si les dames ne
doivent pas faire la cuisine, elles doivent du moins avoir

soin de leur ménage, prendre garde aux domestiques, et penser qu'une honnête femme doit être la première intendante de sa maison.

LADI SPIRITUELLE.

Mais, ma Bonne, cela ne se peut pas : une dame n'en a pas le temps. Il faut qu'elle aille aux assemblées, à la comédie, à l'opéra.

MADEMOISELLE BONNE.

Souvenez-vous bien de ce que je vais vous dire, ma chère. Dieu ne nous a pas mis au monde pour jouer pour courir les assemblées, les spectacles. On peut y aller quelquefois pour se délasser, mais celles qui ne font autre chose font fort mal, et Dieu les punira, parce qu'elles négligent leurs devoirs, et c'est un grand péché. Une femme est obligée d'avoir soin de ses enfans, de ses domestiques. Tout le mal qu'ils font pendant qu'elle n'y est pas, Dieu lui en demandera compte, et il y aura un grand nombre de femmes qui seront punies de cette négligence-là : d'ailleurs, ma chère, c'est un grand péché de dépenser tant d'argent à des bagatelles ; on vole cet argent aux pauvres ou à ses enfans.

LADI SPIRITUELLE.

Est-ce qu'on n'est pas maîtresse de dépenser son argent à sa fantaisie ?

MADEMOISELLE BONNE.

Dites-moi, ma chère : votre papa a des fermiers qui vendent le blé et les fruits de ses terres ; ces fermiers sont-ils maîtres de l'argent qu'on leur donne pour ces blés, ces fruits ?

LADI SPIRITUELLE.

Ils ne peuvent pas en être les maîtres, car toutes ces choses sont à papa, et ils lui en rendent compte.

MADEMOISELLE BONE.

Hé bien ! ma chère, nous sommes les fermiers du bon Dieu. Il nous donne de l'argent pour nous nourrir, nous habiller, pour élever nos enfans ; payer les mar-

chauds, les domestiques, et assister les pauvres; et
comme les fermiers sont obligés de rendre compte à
leurs maîtres, et qu'ils les feraient mettre en prison,
s'ils dépensaient leur argent mal à propos, de même
le bon Dieu fera rendre compte aux riches de l'argent
qu'il leur aura donné, et les punira, s'ils le dépensent
en folies. D'ailleurs il faut être bien méchante pour
dépenser tant d'argent au jeu, ou à l'opéra, et aux
mascarades, pendant qu'il y a un si grand nombre
de pauvres qui n'ont pas un morceau de pain !

LADI MARY

Est-ce qu'il y a des gens qui n'ont point de pain,
ma Bonne ?

MADEMOISELLE BONNE.

Oui, ma chère. Il y en a d'autres qui n'ont point de
lit, d'autres qui meurent de froid en hiver, d'autres qui
sont sans chemises et qui manquent d'ouvrage pour
gagner de l'argent.

LADI MARY.

Ah ! mon Dieu, ma Bonne, cela me fait pitié
Prenez tout mon argent pour soulager ces pauvres
gens.

MADEMOISELLE BONNE.

Vous avez donc beaucoup d'argent ?

LADI MARY.

Ma Bonne, j'ai deux schellings. Prenez les, je
vous prie, pour ces pauvres gens.

MADEMOISELLE BONNE.

Venez m'embrasser, ma chère amie; je vous aime de
tout mon cœur; et, pour vous récompenser, nous
dirons quelque chose de la géographie que vous aimez
tant; c'est pour cela que j'ai fait venir un plat d'eau.

Vous voyez ce plat, mesdames; supposez que ce
soit la mer, et tous les morceaux de carton que je vais
mettre dessus seront la terre. Tous ces petits morceaux
de cartes, qui sont environnés d'eau de tous côtés,
nous les appellerons des *Iles*. Voyez cet autre carton
qui touche au bord du plat par un petit morceau; c'est

presque une île ; nous le nommerons donc *Presqu'île.*
Ce grand morceau de carte, qui ne touche à l'eau que
par un côté, nous l'appellerons une *terre-ferme* ou un
continent ; cette pointe qui s'avance dans l'eau, nous
l'appellerons un *cap* ; et une terre fort élevée, nous
l'appellerons *montagne* ; comprenez-vous bien cela ?

LADI MARY.

A merveille, ma Bonne. Une île est une terre absolument environnée d'eau ; une presqu'île a un petit
coin hors de l'eau, elle tient par ce morceau de terre
à cette autre grande terre que vous appelez continent,
etc.

MADEMOISELLE BONNE.

Cela est très-bien. Voyons présentement sur cett^e
carte géographique, si vous trouverez bien chacun
de ces objets.

LADI MARY.

Ma Bonne, la Grande-Bretagne, l'Irlande : ce son
des îles : car la mer est tout autour.

MADEMOISELLE BONNE.

Et de quel côté sont ces pays, ma chère ?

LADI MARY.

Tout en haut, et à gauche de la carte.

MADEMOISELLE BONNE.

Mais ce côté d'en haut, et ce côté gauche ont des
noms, qu'il faut toujours dire.

LADI MARY.

Ces pays, ou ces îles, sont au nord, et en même
temps à l'ouest de l'Europe.

MADEMOISELLE BONNE.

Fort bien, ma chère. Ladi Charlotte, cherchez une
presqu'île.

LADI CHARLOTTE.

L'Afrique, au sudde l'Europe en est une sur cette carte

MADEMOISELLE BONNE.

C'est bien comme il est tard nous, finirons là pour
aujourd'hui.

8ᵉ DIALOGUE.

SIXIÈME JOURNÉE.

LADI CHARLOTTE.

Bonjour, ma Bonne ; j'ai été bonne fille, presque tout-à-fait : et tout le monde, dans la maison, me fait tant d'amitié, que je suis heureuse comme une reine : voyez cette jolie montre ; papa me l'a donnée, pour montrer qu'il est content de moi.

MADEMOISELLE BONNE.

Elle est fort belle ; mais, ma chère, vous dites que vous êtes heureuse comme une reine ; vous croyez donc que toutes les reines sont heureuses.

LADI CHARLOTTE.

Je pense que oui, ma Bonne ; car on dit toujours, quand on veut parler d'une personne qui est bien contente : *elle est heureuse comme une reine*

MADEMOISELLE BONNE.

On parle mal à propos, quand on dit cela, ma chère ; il me prend envie de vous raconter une fable à ce sujet.

FABLE

DE LA VEUVE ET DE SES DEUX FILLES.

Il y avait une veuve assez bonne femme qui avait deux filles, toutes deux fort aimables ; l'aînée se nommait *Blanche*, la seconde *Vermeille*. On leur avait donné ces noms , parce qu'elles avaient, l'une , le plus beau teint du monde , et la seconde, des joues et les lèvres vermeilles comme du corail. Un jour la bonne femme étant, après de sa porte, à filer, vit une pauvre vieille qui avait bien de la peine à se traîner avec son bâton. Vous êtes bien fatiguée , dit la bonne femme à la vieille ; asseyez-vous un moment pour vous reposer ; et aussitôt elle dit à ses filles de donner une chaise à cette femme. Elles se levèrent toutes les deux ; mais Vermeille courut plus fort que sa sœur, et apporta la chaise. Voulez-vous boire un coup ? dit la bonne femme à la vieille. De tout mon cœur, répondit-elle : il me semble même que je mangerais bien un morceau , si vous pouviez me donner quelque chose pour me ragoûter. Je vous donnerai tout ce qui est à mon pouvoir, dit la bonne femme ; mais comme je suis pauvre , ce ne sera pas grand'chose. En même temps elle dit à ses filles de servir la bonne vieille, qui se mit à table ; et la bonne femme commanda à l'aînée d'aller cueillir quelques prunes sur un prunier qu'elle avait planté elle-même, et qu'elle aimait beaucoup. Blanche, au lieu d'obéir de bonne grâce à sa mère, murmura contre cet ordre, et dit en elle-même : ce n'est pas pour cette vieille gourmande que j'ai eu tant de soin de mon prunier. Elle n'osa pourtant pas refuser quelques prunes, mais elle les donna de mauvaise grâce et à contre-cœur. Et vous, Vermeille, dit la bonne femme à la seconde de ses filles, vous n'avez pas de fruit à donner à cette bonne dame, car vos raisins ne sont pas mûrs. Il est vrai, dit Vermeille , mais j'entends ma poule qui chante, elle vient de pondre un œuf, et si madame veut l'avaler tout chaud , je le lui offre de tout mon cœur. En même temps, sans attendre la réponse de la vieille, elle courut chercher son œuf ; mais dans le moment qu'elle le présentait à cette femme, elle disparut , et l'on vit à sa place une belle dame, qui dit à la mère : Je vais récompenser vos deux filles selon leur mérite. L'aînée deviendra une grande reine, et la seconde, une fermière ; et en même temps ayant frappé la maison de son bâton, elle disparut, et l'on vit dans la place une jolie ferme. V   votre partage, dit-elle à Vermeille.

Je sais que je vous donne à chacune ce que vous aimez
le mieux. La fée s'éloigna en disant ces paroles ; et la
mère aussi bien que les deux filles restèrent fort
étonnées. Elles entrèrent dans la ferme, et furent
charmées de la propreté des meubles. Les chaises n'é-
taient que de bois ; mais elles étaient si propres, qu'on
s'y voyait comme dans un miroir. Les lits étaient de
toile blanche comme la neige. Il y avait dans les éta-
bles vingt moutons, autant de brebis, quatre bœufs,
quatre vaches ; et dans la cour, toutes sortes d'animaux, comme des poules, des canards, des pigeons et
autres. Il y avait aussi un joli jardin, rempli de fleurs
et de fruits. Blanche voyait sans jalousie le don qu'on
avait fait à sa sœur, et elle n'était occupée que du plaisir
qu'elle aurait à être reine. Tout d'un coup elle entendit
passer des chasseurs, et, étant allée sur la porte pour
les voir, elle parut si belle aux yeux du roi qu'il résolut
de l'épouser. Blanche étant devenue reine dit à sa sœur
Vermeille : Je ne veux pas que vous soyez fermière ;
venez avec moi, ma sœur, je vous ferai épouser un
grand seigneur. Je vous suis bien obligée, ma sœur,
répondit Vermeille ; je suis accoutumée à la campagne,
et je veux y rester. La reine blanche partit donc,
elle était si contente, qu'elle passa plusieurs nuits sans
dormir. Les premiers mois, elle fut si occupée de
ses beaux habits, des bals, des comédies, qu'elle ne
pensait pas à autre chose. Mais bientôt elle s'accoutuma
à tout cela, et rien ne la divertissait plus ; au contraire,
elle eut de grands chagrins : toutes les dames de la
cour lui rendaient de grands respects, quand elles
étaient devant elle, mais elle savait qu'elles ne l'aimaient pas, et qu'elles disaient : Voyez cette petite
paysanne, comme elle fait la grande dame ! le roi
a le cœur bien bas, d'avoir pris une telle femme. Ce
discours fit faire des réflexions au roi. Il pensa qu'il
avait eu tort d'épouser Blanche ; et, comme son amour
pour elle était passé, il eut un grand nombre de maî-
tresses. Quand on vit que le roi n'aimait plus sa
femme, on commença à ne lui rendre aucun devoir.
Elle était très-malheureuse car elle n'avait pas une
seule bonne amie à qui elle pût conter ses chagrins. Elle
voyait que c'était la mode à la cour de trahir ses amis

par intérêt, de faire bonne mine à ceux que l'on
haïssait, et de mentir à tout moment. Il fallait être
sérieuse, parce qu'on lui disait qu'une reine doit avoir
un air grave et majestueux. Elle eut plusieurs enfans,
et pendant tout ce temps elle avait un médecin auprès
d'elle, qui examinait tout ce qu'elle mangeait, et lui
ôtait tout ce qu'elle aimait. On ne mettait point de sel
dans ses bouillons, on lui défendait de se promener
quand elle en avait envie; en un mot elle était contredite
depuis le matin jusqu'au soir. On donna des gouver-
nantes à ses enfans, qui les élevaient tout de travers,
sans qu'elle eût la liberté d'y trouver à redire. La
pauvre Blanche se mourait de chagrin, et elle devint
si maigre, qu'elle faisait pitié à tout le monde. Elle
n'avait pas vu sa sœur depuis trois ans qu'elle était
reine, parce qu'elle pensait qu'une personne de
son rang serait déshonorée d'aller rendre visite à une
fermière; mais, se voyant accablée de mélancolie, elle
résolut d'aller passer quelques jours à la campagne pour
se désennuyer. Elle en demanda permission au roi,
qui la lui accorda de bon cœur, parce qu'il pensait
qu'il serait débarrassé d'elle pendant quelque temps.
Elle arriva sur le soir à la ferme de Vermeille, et
elle vit de loin devant la porte, une troupe de bergers
et de bergères qui dansaient et se divertissaient de tout
leur cœur. Hélas! dit la reine en soupirant, où est
le temps que je me divertissais comme ces pauvres
gens? personne n'y trouvait à redire. D'abord qu'elle
parut, sa sœur accourut pour l'embrasser. Elle avait
un air si content, elle était si fort engraissée, que
la reine ne put s'empêcher de pleurer en la regardant.
Vermeille avait épousé un jeune paysan qui n'avait pas
de fortune; mais il se souvenait toujours que sa femme
lui avait donné ce qu'il avait, et il cherchait par ses
manières complaisantes, à lui en marquer sa reconnaissance. Vermeille n'avait pas beaucoup de domestiques, mais ils l'aimaient comme s'ils eussent été
ses enfans, parce qu'elle les traitait bien. Tous ses
voisins l'aimaient aussi, et chacun s'empressait à lui en
donner des preuves. Elle n'avait pas beaucoup d'argent,
mais elle n'en avait pas besoin; car elle recueillait dans
ses terres, du blé, du vin et de l'huile. Ses troupeaux

lui fournissaient du lait, dont elle faisait du beurre et
du fromage. Elle filait la laine de ses moutons pour se
faire des habits, aussi bien qu'à son mari et à deux
enfans qu'elle avait. Ils se portaient à merveille, et
le soir, quand le temps du travail était passé, ils
se divertissaient à toutes sortes de jeux. Hélas ! s'écria
la reine, la fée m'a fait un mauvais présent en me
donnant une couronne. On ne trouve point la joie
dans les palais magnifiques, mais dans les occupations
innocentes de la campagne. A peine eut-elle dit ces
paroles, que la fée parut : Je n'ai pas prétendu vous
récompenser en vous faisant reine, lui dit la fée ; mais
vous punir, parce que vous m'avez donné vos prunes
à contrecœur. Pour être heureux, il faut comme votre sœur, ne posséder que les choses nécessaires, et n'en
point souhaiter davantage. Ah ! ma dame, s'écria
Blanche, vous êtes assez vengée, finissez mon malheur.
Il est fini reprit la fée. Le roi, qui ne vous aime plus,
vient d'épouser une autre femme, et demain ses officiers viendront vous ordonner de sa part, de ne point
retourner à son palais, Cela arriva comme la fée
l'avait prédit. Blanche passa le reste de ses jours avec
sa sœur Vermeille, avec toutes sortes de contente-
mens et de plaisirs : et elle ne pensa jamais à la cour
que pour remercier la fée de l'avoir ramenée dans son
village.

LADI SENSÉE.

Ma Bonne, j'aime beaucoup ce conte. J'ai beaucoup
désiré d'être bergère ; j'aime la campagne à la folie ; et
il me semble que je ne souhaiterais rien, si j'avais
une jolie ferme comme Vermeille ; mais, pour cela,
il faudrait encore que j'y eusse des livres.

MADEMOISELLE BONNE.

Je crois que vous êtes de bon goût, ma chère ;
mais, pour se plaire dans la vie champêtre, il faut avoir
ni ambition, ni vanité, ni désirs : et cela est bien
difficile. Sans aller vivre à la campagne, vous pouvez
être heureuse partout où vous vous trouverez, si vous
pouvez vous défaire de ces trois défauts dont je viens
e parler.

MISS MOLLY.

Qu'est-ce que l'ambition ? ma Bonne.

MADEMOISELLE BONNE.

C'est le désir de commander à tout le monde ; et la vanité, c'est de vouloir être loué pour la beauté, l'esprit, les richesses, les beaux habits ; demandez à ladi Spirituelle combien sa vanité la rendue malheureuse.

LADI SPIRITUELLE

Elle m'avait aussi rendue méchante : mais, ma Bonne, j'en ai encore beaucoup, et cela m'a fait faire une grande faute depuis que je ne vous ai vu ; je veux vous la dire devant ces dames pour me corriger.

MADEMOISELLE BONNE.

Vous avez raison, ma bonne amie ; le vrai moyen de se corriger des fautes, est de les avouer. Voyons donc ce que vous avez fait.

LADI SPIRITUELLE.

Nous étions hier à l'assemblée de madame D.... Cette dame est âgée, car elle a des enfans, elle me demanda àquoi je m'occupais ; je lis Quinte-Curce, lui ai-je répondu. Qu'est-ce que Quinte-Curce ? a dit cette dame. Oh ! lui ai-je dit, c'est un fort beau livre, où l'on trouve la vie d'Alexandre-le Grand. Cette dame me répondit : Je ne savais pas qu'il y eut un roi d'Angleterre qui se nommât Alexandre-le-Grand : cependant, quand j'étais jeune, j'ai appris par cœur l'abrégé de l'histoire d'Angleterre ; il est vrai que je l'ai oubliée. Au lieu de répondre à cette dame, ma Bonne, j'ai fait semblant de saigner du nez ; j'ai mis mon mouchoir devant mon visage, car j'étouffais à force de rire ; et j'ai été dans les autres salles, où j'ai conté à tout le monde l'ignorance de cette dame, qui n'a jamais entendu parler d'Alexandre.

MADEMOISELLE BONNE.

Vous avez fait effectivement une grande faute, ma chère : je gage que vous croyez avoir fait beaucoup de mal à cette dame

5

LADI SPIRITUELLE.

Oui, ma Bonne; mais quand j'ai fait cette sottise,
ce n'était pas pour lui faire du mal, c'était seulement
par vanité, pour faire penser à tout le monde que
j'étais une fille raisonnable, qui lisait beaucoup.

MADEMOISELLE BONNE.

Je vous assure, ma chère, qu'on n'a point du tout
pensé à cela. Nous avons été ce matin rendre visite à
miladi B.... Vous savez qu'elle a beaucoup d'esprit.
Que cette petite Spirituelle est méchante ! m'a-t-elle
dit; elle s'est hier moquée cruellement de cette pauvre madame D.... Si elle avait été ma fille, je l'aurais
souffletée. Vous voyez, ma chère, que votre amour-
propre est un sot, qui, au lieu de vous faire paraître
estimable, engage tout le monde à vous mépriser.
Vous avez appris à tout le monde que cette dame était
une ignorante; mais en même temps, vous leur avez
fait croire que vous étiez méchante; vous vous êtes fait
beaucoup plus de mal que vous n'en avez fait à celle
dont vous vous moquiez. Appliquez-vous donc à
devenir bonne, charitable. Avant de parler, dites-vous
en vous-même : Ne vais-je point dire une méchanceté?
Au lieu de parler des défauts des autres, attachez-vous
à faire remarquer leurs bonnes qualités, et alors tout
le monde vous aimera. Présentement ladi Mary va nous
dire son histoire.

LADI MARY.

Abraham aimait tendrement son fils Isaac; mais il
aimait le bon Dieu encore davantage, comme cela est
juste. Un jour Dieu dit à Abraham : Prenez votre
fils, et allez sur une grande montagne, pour m'en faire
un sacrifice, c'est-à-dire, pour lui couper la tête, et
ensuite brûler son corps; car dans ce temps-là on tuait
des bêtes, qu'on offrait au Seigneur, et après cela
on les brûlait, et Dieu voulait Isaac au lieu d'une
bête. Un autre qu'Abraham aurait dit en lui-même :
Dieu m'a promis de donner à mon fils un grand nombre d'enfans; si je le tue, cela ne pourra pas arriver :
mais Abraham était bien plus sage, il ne raisonnait
point quand Dieu lui commandait quelque chose, et

savait fort bien qu'il peut faire les choses qui vous paraissent impossibles. Abraham prit du bois ; et dit à Isaac de le porter , et pendant qu'ils montaient la montagne, Isaac disait : Mon Père, nous avons du bois et du feu pour l'allumer, mais nous n'avons point de bête pour faire le sacrifice. Dieu y pourvoira lui répondit Abraham ; mais quand ils furent au haut de la montagne, il dit à Isaac : Mon fils , c'est vous que je vais sacrifier à Dieu, car il me l'a commandé. Je le veux bien, dit Isaac ; le bon Dieu m'a donné la vie , je dois la lui rendre , puisqu'il le veut. Aussitôt Abraham fit un bûcher avec le bois , lia son fils sur ce bois, en suite il prit son grand couteau, et leva le bras pour lui couper la tête, mais il vint un ange qui arrêta son bras, et lui dit : Ne tuez pas votre fils : Dieu voulait voir seulement si vous seriez obéissant. Abraham délia Isaac ; et dans le même temps ils virent un bélier qui était pris par ses cornes dans un buisson. Ils prirent ce bélier, et le sacrifièrent au Seigneur : et ensuite ils retournèrent fort contens dans leur tente.

MISS MOLLY.

J'avais bien peur pour le pauvre Isaac , ma Bonne : je croyais qu'il allait être tué.

LADI CHARLOTTE.

Mais, ma bonne , c'est une mauvaise action de tuer un homme ; comment est-ce que Dieu commandait une mauvaise action ?

MADEMOISELLE BONNE.

Ce n'est pas toujours une mauvaise action de tuer un homme : vous voyez qu'on en fait mourir bien souvent pour avoir volé. Quand on fait la guerre , les soldats tuent leurs ennemis sans commettre un péché. D'ailleurs , vous voyez que Dieu ne voulait pas qu'Isaac fût tué ; et Abraham, qui savait que Dieu est bon et sage, disait en lui-même : Puisque Dieu me commande cela , il n'y a point de mal , car Dieu ne commande jamais le péché.

LADI MARY.

Isaac était un bon enfant. Je veux être bien obéissante

comme lui ; et si Dieu disait à maman de me tuer , je
lui dirais que je le veux bien.

MADEMOISELLE BONNE.

Il ne dira pas cela à votre maman ; mais peut-être
le dira-t-il à la fièvre , à la petite vérole, ou à quelque autre maladie. S'il ne veut pas votre vie, peut-être
voudra-t-il vos yeux, vos oreilles , ou quelqu'autre
parti de votre corps. Quand vous serez donc malade,
il faut dire comme Isaac: Mon Dieu, c'est vous qui
m'avez donné la vie, si vous voulez me l'ôter par cette
maladie, je le veux bien. Il faut en dire autant quand on
perd sa fortune, et tout ce qu'on possède dans le monde,
et penser : Je suis sûr que le bon Dieu m'aime, puisqu'il m'ôte ces choses, apparemment qu'elles ne valaient
rien pour moi; si elles eussent été bonnes pour moi
Dieu ne me les aurait pas ôtées, cela est bien sûr.

LADI SENSÉE.

Si l'on pensait toujours à cela , ma Bonne, on n'au
rait jamais de chagrin.

MADEMOISELLE BONNE.

Cela est vrai, ma chère ; c'est pour cela que nous
voyons quelquefois des peronnes qui nous paraissent
très-malheureuses , et qui sont souvent fort contentes.
Allons , ladi Charlotte , dites-nous votre histoire.

LADI CHARLOTTE.

Abraham voulant marier son fils Isaac, appela son
intendant , et lui dit d'aller dans le pays où demeurait
son frère, qui s'appelait Nacor, pour chercher une
femme à son fils. Quand l'intendant fut arrivé dans le
pays de Nacor, il pria Dieu de faire réussir son voyage, et dit :Seigneur, montrez-moi la femme que vous
voulez donner à mon jeune maître : et comme il s'était
assis auprès d'un puits, il dit encore à Dieu : Seigneur,
les filles de la ville vont venir chercher de l'eau à la
fontaine ; je leur demanderai à boire ; inspirez à celle qui
doit être la femme d'Isaac, de me présenter honnêtement sa cruche, et de m'offrir aussi à boire pour mes
chameaux. En même temps les filles sortirent de la ville,

et il y en avait une qui était fort belle. L'intendant s'approcha d'elle, et lui demanda à boire. De tout mon cœur, lui dit cette fille ; et en même temps elle baissa sa cruche, et lui dit : Je veux aussi donner à boire à vos chameaux. L'intendant lui demanda comment elle s'appelait. Elle lui répondit, je m'appelle Rebecca ; mon grand-père se nommait Nacor : alors l'intendant remercia Dieu, et fit présent à Rebecca d'une bague d'or et de belles boucles d'oreilles. Rebecca courut à la maison, pour montrer ces présens à ses frères ; car elle savait qu'une fille ne doit pas prendre des présens d'un homme sans la permission de ses parens. Laban, frère de Rebecca, ayant vu ces présens, courut à la fontaine, et pria l'intendant de venir loger chez lui. Cet homme ne voulait ni boire ni manger, qu'il n'eût fait sa commission. Il demanda Rebecca en mariage pour Isaac, et ses frères y consentirent. Ils dirent ensuite à Rebecca : Voulez-vous aller avec cet homme pour épouser votre cousin Isaac ? Elle répondit : Je le veux bien ; et elle partit avec l'intendant, qui lui fit de beaux présens, ainsi qu'à ses frères. Quand ils eurent marché bien long-temps, Rebecca vit un homme qui se promenait dans les champs ; et l'intendant lui ayant dit que c'était Isaac elle mit son voile sur sa tête, et Isaac l'épousa bientôt ; et il aima tellement Rebecca, qu'elle le consola un peu de la mort de sa mère Sara, qui mourut peu de temps après.

MISS MOLLY.

Cette histoire est bien belle, ma Bonne ; mais je voudrais savoir pourquoi Abraham envoyait si loin pour chercher une femme à son fils. Est-ce qu'il n'y avait pas des filles dans le pays où il était ?

MADEMOISELLE BONNE.

Il y en avait, ma chère ; mais ces filles manquaient ou de piété, ou de religion ; et Abraham, qui voulait pour son fils une femme de mérite, la préféra aux richesses. Remarquez, mes enfans, ce que fit l'intendant d'Abraham. Il pria Dieu de lui trouver une femme pour son maître. Cela nous apprend à demander à Dieu tous nos besoins : il est si bon, qu'il ne s'offense

pas de cette liberté. Il faut lui demander généralement
toutes les choses qui nous sont nécessaires.

LADI MARY.

Mais le bon Dieu sait bien que nous avons besoin de
ces choses ; ainsi il n'est pas nécessaire de les lui
demander.

MADEMOISELLE BONNE.

Pardonnez-moi . ma chère. Dieu sait bien que nous
avons besoin de pain , cependant Jésus-Christ nous
ordonne de lui en demander tous les jours, dans la
prière qu'il nous a enseignée. Ne dites-vous pas tous
les matins et soirs dans votre prière : Donnez-nous
notre pain quotidien   c'est-à-dire , le pain de tous
les jours ?

LADI CHARLOTTE.

Cela est vrai , ma Bonne ; je n'y avais jamais fait
attention.

LADI SENSEE.

Pour moi, je demande toujours au bon Dieu tout
ce dont j'ai besoin. Quand je commence mes leçons , je
le prie de me faire la grâce de bien apprendre ; quand
maman est malade, ou mes sœurs , ou papa, je le prie ,
de les guérir ; quand j'ai envie d'avoir quelque chose ,
je prie Dieu d'inspirer à maman de me le donner ; et
Dieu est si bon , qu'il m'accorde toujours tout ce que
je lui demande.

MADEMOISELLE BONNE.

Conservez bien cette habitude, ma chère. Accoutu-
mons-nous, mes enfans , à regarder Dieu comme notre
bon père et notre maître. Un enfant demande avec confiance les choses justes à son père , un domestique à son
maître. Mais comme nous ne savons pas nos vrais
besoins, et que nous pourrions demander des choses qui
ne seraient pas bonnes pour nous, disons toujours :
accordez-moi cette chose, Seigneur, si elle est bonne
pour votre gloire et mon salut. Voyons à présent si
nous dirons quelque chose de la géographie. La dernière

fois nous avons parlé des noms qu'on donne aux différentes parties de la terre, c'est-à-dire, du continent, de l'île, de la presqu'île, et du cap ; il faut apprendre aujourd'hui les noms qu'on donne aux différentes parties de l'eau.

Voyez-vous ce grand amas d'eau, on l'appelle *Océan* ; on l'appelle aussi *Mer*, de l'amertume de son eau : il y en a quatre qui prennent leur nom des côtés ou points du monde vers lesquels ils sont situés; ce sont l'Océan septentrional, l'Océan méridional, l'Océan oriental et l'Océan occidental. On appelle *Golfe* une portion de l'Océan qui s'avance dans les terres. *Baie*, c'est un petit golfe. *Archipel*, est un amas d'îles. *Isthme*, est une langue de terre qui joint une presqu'île au continent. *Détroit*, est un passage d'une mer à une autre. *Lac*, est un amas d'eau entouré de terre ; et *Rivière*, une eau qui coule toujours. Comprenez-vous cela ?

LADI CHARLOTTE.

Oui, ma Bonne; un golfe est une mer qui s'avance dans la terre, comme le golfe de Venise ; un détroit est une rue de mer, qui joint deux mers ensemble, comme le détroit de Gibraltar, qui joint le grand Océan à la mer Méditerranée.

MADEMOISELLE BONNE

Fort bien : on appelle aussi détroit une mer resserrée entre deux terres, voyez sur cette carte. Entre l'île de Corse et l'île de Sardaigne, il y a une petite rue de mer, on la nomme le *Détroit de Boniface*.

LADI SPIRITUELLE.

Ma bonne, pourquoi appelle-t-on la petite rue de mer qui est entre l'Italie et la Sicile, le *Phare de Messine* ? Que veut dire ce mot de *Phare* ?

MADEMOISELLE BONNE.

Je ne sais pas le grec, ma chère, et ce mot vient du grec : mais nous pouvons le deviner. Les vaisseaux qui sont sur la mer, ne peuvent sans danger s'approcher de la terre. Pour avertir que la terre n'est pas loin on met du feu ou de la lumière sur le bord de la mer, et alors les gens qui sont dans le vaisseau, voyant ce feu ou cette lumière pendant la nuit, n'approchent pas. Or il y avait un roi en Egypte, nommé Ptolomée, qui fit bâtir une tour de marbre qui était si belle, qu'on a dit qu'elle était une des sept merveilles du monde. On mettait une lumière au haut de cette tour, qu'on appela *Pharos*, pour avertir les vaisseaux ; et depuis ce temps, on a nommé *Phares*, les endroit élevés où l'on met de la lumière la nuit, pour ceux qui sont sur la mer ; et c'est une de ces tours qui s'appelait le phare de Messine, qui a donné le nom à ce détroit. Nous pouvons donc penser que le mot de *phares* veut dire *une lumière qui conduit pendant la nuit.*

LADI MARY.

Ainsi les lanternes qui sont aux portes, sont des phares

MADEMOISELLE BONNE.

Oui, ma chère.

MISS MOLLY.

Vous nous avez dit qu'il y avait sept merveilles dans le monde, apprenez-nous quelles sont les autres ?

MADEMOISELLE BONNE.

Je vais vous les dire toutes comme je les sais. Les *murailles* et les *jardins de Babylone*, le *phare d'Alexandrie*, le *tombeau de Mausole*, le *colosse de Rhodes*, le *temple de Diane* à Ephèse, le *labyrinthe de Minos* dans l'île de Crète, les *pyramides d'Egypte* ?

LADI CHARLOTTE.

Qu'est-ce que c'était que toutes ces choses ?

MADEMOISELLE BONNE.

Ladi Sensée va vous les expliquer, mes enfans. Allons, ma chère, apprenez à ces dames ce que c'était que le *tombeau* de *Mausole*.

LADI SENSÉE.

Il y avait une reine de Carie, nommée Artémise, qui aimait beaucoup son mari Mausole. Il mourut, et elle lui fit faire un tombeau magnifique. Depuis ce temps, on a appelé *mausolées*, les ouvrages que l'on fait pour honorer la mémoire des morts.

LADI CHARLOTTE.

Ah ! voilà pourquoi on nomme mausolées les figures se marbre qui sont à Westminster. Je n'oublierai pas d'où vient ce nom.

LADI SENSEE.

Quoique ce tombeau qu'Artémise avait fait bâtir fût si magnifique, elle ne le trouva pas digne de recevoir les cendres de son mari.

LADI CHARLOTTE.

Où les mit-elles donc ? madame.

LADI SENSEE.

Elle les mêlait chaque jour avec sa soupe et son vin ; ainsi elle les avala tout-à-fait.

LADI SPIRITUELLE.

N'est-ce pas cette Artémise qui combattit pour Xerxès, roi de Perse, contre les Grecs à Salamine ?

MADEMOISELLE BONNE.

Non , ma chère ; celle-là vivait auparavant. Il faut nous séparer, mesdames, il est tard. La première foi nous parlerons des autres merveilles du monde.

ooocooooocooooooo coooroooooooooocooooooooc oooooooooocooo

9e DIALOGUE.

SEPTIÈME JOURNÉE.

LADI MARY.

Bonjour, ma Bonne : nous direz-vous un joli conte de fée aujourd'hui ?

MADEMOISELLE BONE.

Non, ma chère; mais à la place d'un conte de fée, ladi Sensée vous dira la fable du Labyrinthe, qui était une des sept merveilles du monde. Quand je dis que c'est unefable ce n'est pas qu'il n'y ait eu un labyrinthe, un Minos, un Thésée, et les autres personnages dont nous allons parler; mais c'est qu'on a mêlé des fables aux actions véritables de ees gens-là. Allons, ladi Sensée, commencez.

LADI SENSEE.

Il y avait un roi de Crète, nomme Minos. Les Athéniens ayant tué son fils, il leur déclara la guerre, remporta la victoire, et condamna les Athéniens à lui donner tous les ans sept garçons et sept filles pour être dévorés par le minotaure. Ce minotaure était un monstre, moitié homme et moitié taureau. Il demeurait dans une maison qu'on nommait le labyrinthe. Cette maison était faite de façon qu'on ne pouvait retrouver son chemin quand on y était entré, car il y avait mille tours et détours. Ainsi, les pauvres Athéniens qu'on mettait dans cette maison, y seraient morts de faim, quand même ils n'auraient pas été mangés par le monstre. Le fils du roi d'Athènes qui se nommait Thésée, résolut d'aller en Crète avec les jeunes gens qu'on y envoyait, afin de tuer le Minotaure. Quand il fut arrivé dans ce pays, la fille de Minos, appelée Ariadne, devint amoureuse de Thésée. Il lui promit de l'enlever, si elle voulait lui sauver la vie. Ariadne lui donna un peloton de fil et lui dit de l'attacher à la porte du labyrinthe. Il tenait le peloton dans sa main, et dévidait le fil à mesure qu'il avançait. Ayant rencontré le Minotaure, il le tua, et ayant suivi son fil, il trouva la porte et sortit. Ainsi, les Athéniens ne furent plus obligés d'envoyer personne pour être mangé par ce monstre. Quand Thésée retourna dans Athènes, Ariadne s'en fuit avec lui ; mais il la méprisa, parce qu'une fille qui s'en va avec un homme, ne mérite pas d'être estimée. Il se leva donc de grand matin, pendant qu'elle dormait dans une île, où ils étaient descendus pour passer la nuit. Quand Ariadne se réveilla, et qu'elle vit que le vaisseau était parti, elle pleura et avait bien du regret d'avoir quitté la maison de son père ; mais ses regrets étaient inutiles. Bacchus, dieu du vin, passa par-là, et comme Ariadne était belle, il en eut compassion et l'épousa. Elle avait une couronne sur la tête ; Bacchus la jeta au ciel, et la changea en étoile. Quand Thésée partit d'Athènes, il promit à son père Egée, s'il était victorieux, de mettre un drapeau blanc au haut de son vaisseau : il l'oublia ; et son père, qui venait tous les jours voir si le vaisseau n'arrivait point, le voyant sans drapeau, crut que son fils était mort, et se jeta dans la mer. Thésée envoya des présens au Dieu Apollon, pour le remercier de sa victoire, et il ordonna que tous les ans on enverrait le même vaisseau avec des présens. Tout le temps que ce vaisseau était hors d'Athènes, on ne pouvait faire mourir personne, et on attendait qu'il fut revenu.

LADI CHARLOTTE.

Ma Bonne, ce Thésée était un méchant homme d'abandonner ainsi cette pauvre princesse qui lui avait sauvé la vie.

MADEMOISELLE BONNE.

Cela est vrai, ma chère ; mais, s'il ne l'avait pas laissée là, il aurait fallu qu'il l'épousât ; et il est fâcheux d'épouser une fille qui suit les hommes. Tant qu'il eut besoin d'elle, il lui fit les plus belles promesses : mais les hommes ne se croient pas obligés de garder les promesses qu'ils font aux femmes ; ils sont charmés de pouvoir les tromper pour s'en moquer après, et dire à tout le monde : Voyez ladi une telle, je lui ai dit qu'elle était belle, que je l'aimais, et elle était assez sotte pour me croire.

LADI MARY.

Fi, que cela est vilain ! ce sont des menteurs. Mais tous les hommes sont-ils comme cela ? ma Bonne. N'y a-t-il point une marque pour connaître ceux qui se moquent de nous ?

MADEMOISELLE BONNE.

Oui, ma chère. Je suppose que vous soyez une grande fille, et qu'un gentilhomme devienne amoureux de vous. Si c'est tout de bon, il ne vous le dira pas, mais il ira trouver votre papa, votre maman, et il leur dira : Votre fille est bien aimable : si vous voulez me la donner pour femme, je vous serai bien obligé, car je l'aime beaucoup. Si cet homme veut se moquer de vous, il vous dira secrètement qu'il vous aime, et vous dira de n'en point parler à votre papa.

LADI MARY.

Fort bien, et moi je lui dirai tout d'abord : Monsieur, je dirai à mon papa que vous m'aimez. Il sera bien déçu, s'il me le disait pour se moquer de moi ; n'est-ce pas ? ma Bonne.

MADEMOISELLE BONNE.

Oui, ma chère ; cela le rendra tout honteux, et vous ne manquerez pas d'en avertir le papa ou la maman ; mais il ne faut le dire qu'à eux, et jamais à vos bonnes amies, ni à votre femme de chambre.

LADI SPIRITUELLE.

Ma Bonne, j'ai une grande envie de savoir ce qu'il y a de vrai dans ce que ladi Sensée vient de nous dire.

MADEMOISELLE BONNE.

Presque tout, ma chère. Au lieu du monstre, c'était un capitaine crétois, nommé Taurus. Au lieu du peloton de fil, Ariadne donna à Thésée la carte du labyrinthe; et au lieu de Bacchus, cette princesse épousa un prêtre de ce dieu. Je vais vous expliquer les quatre autres merveilles du monde.

Les *Murailles de Babylone* entouraient cette ville, la capitale du plus ancien empire du monde : elles avaient cinquante milles d'étendue, et deux cents pieds de haut. Elles étaient si larges que six chevaux pouvaient y marcher de front sans s'incommoder. Les jardins suspendus de Babylone ont été un ouvrage aussi merveilleux que ses murailles.

Le *Colosse de Rhodes* était une statue d'airain, d'une grandeur démesurée, qui avait la figure d'un homme. Les Rhodiens la consacrèrent au dieu Apollon, et la placèrent à l'entrée du port de la ville de Rhodes, dans l'île de ce nom. Elle était si haute, et ses pieds étaient posés sur deux rochers si écartés, que les vaisseaux passaient à pleines voiles entre ses jambes. Elle fut renversée par un tremblement de terre.

Le *Temple de Diane* était ce superbe édifice dans la ville d'Éphèse, qui avait été dedié à la déesse Diane. L'extravagant Érostrate le brûla pour se rendre fameux dans l'histoire.

Les *Pyramides d'Égypte* sont des ouvrages fameux, bâtis depuis quatre mille ans, que l'on voit encore dans le voisinage du Grand-Caire. Elles servaient de sépulture aux rois d'Égypte. On fut vingt ans à construire la plus grande, et on y employa trois cent soixante mille ouvriers. On a remarqué qu'il en avait coûté simplement pour les aulx, les poireaux, les oignons et autres légumes fournis aux ouvriers, dix-huit cents talents, qui font environ 400,000 livres sterling. (9,600,000 fr.) Mais en voilà assez pour la fable, aujourd'hui. Disons un mot de la géographie. Prenons notre carte. Nous allons diviser l'Europe en trois principales parties, en partie du nord, en partie du milieu, en partie du sud.

La partie du nord, comprend, de l'ouest à l'est,

les îles Britanniques, qui consistent en deux grandes et un grand nombre de petites. La plus considérable est la Grande-Bretagne. Dans celle-ci, il y a deux royaumes; l'Angleterre au sud, et l'Ecosse au nord. L'autre île, qui est plus petite, s'appelle l'Irlande.

LADI MARY.

Je ne savais pas que je demeurais dans la Grande Bretagne.

MADEMOISELLE BONNE.

Cela est vrai, ma chère. Londres est la principale ville, ou la capitale de l'Angleterre. Edimbourg est la capitale de l'Ecosse, et Dublin est la capitale de l'Irlande. Ces trois royaumes sont au même prince, qu'on appelle roi d'Angleterre. A l'est de l'Angleterre, on trouve le Danemarck, dont la capitale est Copenhague, dans l'île de Zélande. La Norwége, qui est au nord du Danemarck, appartient au roi de Suède : sa ville capitale est Christiania. Ce roi possède aussi l'Islande, et cette île est encore plus au nord de l'Europe que l'Angleterre. A l'est de la Norwége on trouve la Suède, autour du golfe de Bothnie, dans la mer Baltique. La capitale de la Suède est Stockolm. Enfin, à l'est de la Suède, on trouve la Russie, ou Moscovie, qui est un très-grand pays : sa ville capitale est Moscou, mais aujourd'hui Pétersbourg en est la plus belle ville, et la résidence de l'empereur et de la cour de Russie. Voilà donc cinq parties principales de l'Europe au nord: retenez-les bien. La première fois nous apprendrons les parties du milieu.

LADI SPIRITUELLE.

Ma Bonne, j'ai lu hier dans le Magasin Français l'histoire de Pierre-le-Grand, qui a bâti la ville de Pétersbourg Je l'ai trouvée toute semblable au conte du prince Charmant que vous avez raconté l'autre jour.

MADEMOISELLE BONNE.

C'est presque la même chose, ma chère, et le roi Absolu ressemble un peu à Charles XII, roi de Suède. Je vous prêterai son histoire quand vous aurez fini de lire M. Rollin. Allons, mesdames, voyons ce que vous avez appris de l'Histoire sainte.

LADI MARY.

Quand Isaac eut épousé Rebecca, il pria Dieu de lui envoyer des enfans, elle eut deux fils; l'aîné fut nommé Esaü, et le second Jacob. Vous savez bien, mesdames, qu'ordinairement il n'y a parmi les nobles que l'aîné qui ait un titre et qui soit lord; le second ne l'est pas. On disait milord Esaü, et maître Jacob.

Un jour milord fut à la chasse; et quand il revint à la maison, il avait une grande faim. Il trouva maître Jacob qui venait de faire une soupe aux lentilles, et qui allait la manger. Milord Esaü lui dit : Mon frère, donnez-moi votre soupe. Je l'ai faite pour moi, répondit Jacob; mais si vous voulez me donner votre titre, je vous donnerai ma soupe. Esaü, qui était un gourmand, vendit son titre pour cette soupe: ainsi, Jacob devint l'aîné et fut lord au lieu, qu'Esaü ne fut plus que maître.

MADEMOISELLE BONNE.

Vous voyez, mesdames, combien la gourmandise fait faire de sottises. C'est un vilain défaut. Outre que c'est un péché d'être gourmande, cela rend malade, stupide, et fait mourir jeune : mais je ne vous en dirai pas davantage sur cet article; je vous estime trop, mes enfans, pour croire que vous soyez gourmandes. C'est un vice si bas, si honteux, que je ne voudrais pas souffrir en votre compagnie une jeune dame que je croirais gourmande. Vous rougissez, miss Molly; auriez-vous eu le malheur de faire quelque faute sur cet article?

MISS MOLLY.

Oui, ma Bonne. Il y a quelques jours que ma servante ne voulut pas me donner du thé le soir, et j'ai pleuré pendant plus d'une heure.

MADEMOISELLE BONNE.

Il faut vous corriger de ce vilain défaut, ma chère et si vous voulez être bonne fille, et que je vous aime encore, il faut réparer votre faute. Voyons, que ferez-vous pour cela ?

MISS MOLLY.

Je serai huit jours sans prendre de thé, ma **Bonne;**
mais aussi vous ne penserez plus à la sottise que j'ai
faite.

MADEMOISELLE BONNE

Pourquoi y penserais-je ? ma bonne amie. Quand
nous sommes fâchées de nos fautes et que nous les ré-
parons le bon Dieu les oublie ; je n'ai garde de m'en
souvenir. Dites votre histoire, ma chère.

MISS MOLLY.

Esaü n'aimait pas son frère Jacob, parce qu'il lui
avait acheté son titre, et qu'il lui avait volé la bénédiction de son père. Rebecca dit à Jacob : J'ai peur
que votre frère Esaü ne se venge de vous ; ainsi, mon
fils, allez trouver votre oncle Laban, et demeurez
avec lui jusqu'à ce que la colère de votre frère soit
passée. Laban avait deux filles. Lia, l'aînée, était laide,
et Rachel, la seconde, était belle. Jacob devint
amoureux de Rachel et la demanda en mariage à
Laban qui lui dit : Je vous donnerai ma fille Rachel,
si vous voulez être mon domestique pendant sept
ans. Jacob y consentit, et il aimait tant Rachel, que
ces sept années lui parurent très-courtes. Au bout
de ce temps, il croyait épouser Rachel ; mais Laban
le trompa, et mit dans le lit sa fille Lia. Comme
Jacob se coucha sans lumière, il ne s'aperçut pas que
son beau-père l'avait trompé ; mais le matin sa colère
fut égale à sa surprise. Laban lui dit : Ce n'est pas la
coutume de marier la plus jeune avant l'aînée, mais
si vous voulez me servir encore sept ans, je vous
donnerai Rachel dans huit jours. Jacob y consentit,
et après ce temps, Laban qui voyait que Dieu le
bénissait à cause de Jacob, le pria de rester chez lui,
et lui promit une bonne récompense : mais il cherchait
à le tromper, ce qui n'empêcha pas Jacob de devenir
très-riche. Il n'aimait point sa femme Lia, et Dieu eut
pitié d'elle. Il lui donna un grand nombre d'enfans,
et Rachel n'en avait point. A la fin, pourtant elle eut un
fils qui fut nommé Joseph. Cependant Jacob quitta son
beau-père Laban, et revint dans son pays. Mais comme

il en était proche, il apprit que son frère Esaü venait au-devant de lui avec un grand nombre d'hommes armés. Il eut peur, mais Dieu lui envoya un ange pour le rassurer ; et Jacob apaisa la colère de son frère par ses présens.

MADEMOISELLE BONNE.

Allons, ladi Charlotte, dites-nous votre histoire.

LADI CHARLOTTE.

Jacob s'arrêta avec sa famille près de la ville de Sichem. Il avait douze garçons et une fille nommée Dina. Cette fille, qui était curieuse, voulut voir les filles de Sichem. Elle sortit donc, et le fils du roi l'ayant vue, en devint amoureux et l'enleva. Les fils de Jacob ayant appris cela, furent fort en colère ; mais le roi leur dit : Ne vous fâchez pas, donnez-moi votre sœur pour être la femme de mon fils, et devenons amis les uns et les autres. Les frères de Dina y consentirent ; mais deux d'entre eux qu'on nommait Siméon et Lévi, résolurent de se venger. Ils tuèrent en trahison le roi, son fils et tous les hommes de Sichem, et firent leurs femmes prisonnières. Jacob fut bien fâché quand il sut cette mauvaise action, et il avait peur que les peuples des villes voisines ne leur fissent la guerre. Dieu le rassura, et lui promit, comme il avait fait à Abraham et à Isaac, de donner à ses enfans le pays dans lequel ils demeuraient actuellement. Jacob quitta cet endroit et vint demeurer à Béthel, qu'on a depuis appelé Betheléem. Quand ils furent arrivés, Rachel eut encore un fils, et elle mourut quand il vint au monde. Elle le nomma Benoni, c'est-à-dire, l'enfant de ma douleur ; mais Jacob l'appela Benjamin. Et Rachel fut enterrée auprès de Bethléem.

LADI SPIRITUELLE.

Ma Bonne, il me semble que les enfans de Jacob n'étaient pas tous honnêtes gens, ce Siméon et ce Lévi étaient bien cruels, de tuer tous les gens de la ville de Sichem, qui n'étaient pas coupables.

MADEMOISELLE BONNE.

Ils étaient presque tous couverts de vices , comme
vous le verrez bientôt. Juda , l'aîné , a commis de
grands crimes ; mais il y en avait un qui était plein de
vertus.

LADI SENSÉE.

Mon Dieu ! je ne comprends pas pourquoi les hommes
sont méchans. Il y a tant de plaisir à faire son devoir !
Pour moi, quand j'ai fait une faute , je suis si tour-
mentée, qu'il ne m'est pas possible de dormir de
toute la nuit. Est-ce que Lévi et Siméon, qui tuèrent tous ces gens, n'étaient pas aussi tourmentés ?

MADEMOISELLE BONNE

Oui , ma chère. Dans le commencement qu'on est
méchant, la conscience tourmente ; mais quand,
malgré ses reproches, on continue à commettre le
crime, petit à petit les remords diminuent, et à la fin,
la conscience ne dit plus mot, ce qui est le plus grand
de tous les malheurs. Remarquez aussi, mes enfans,
combien il est dangereux pour une jeune dame d'être
curieuse et d'aimer le spectacle. Si Dina était restée
chez elle, elle n'aurait pas causé les effroyables malheurs que nous venons d'entendre. Les femmes
sont faites pour la retraite, il faut qu'elles s'accou-
tument à l'aimer, et j'ai très-mauvaise opinion d'une
fille qui aime à courir et à se faire voir partout. Je
vous disais , il y a quelque temps que les femmes étaient
destinées à veiller sur leurs familles. Comment le peu-
vent-elles faire , si elles sont toujours hors de leurs
maisons ?

LADI SPIRITUELLE.

Mais , ma bonne , quand on est riche , on a des domestiques pour veiller sur sa famille : je croyais qu'il
n'y avait que les pauvres femmes qui dussent s'occuper
du soin de leurs maisons.

MADEMOISELLE BONNE.

Vous vous trompiez , ma chère. Dieu n'a pas dit
que les riches ne mangeraient pas leur pain à la

sueur de leur front. Tout le monde doit travailler :
c'est la pénitence de tout le monde ; et le travail
d'une la.i, comme d'une marchande, est d'avoir soin
de sa famille. Je suppose même que l'oisiveté ne fût
pas un péché, les dames devraient toujours s'occuper
du soin de leurs maisons. Retenez bien ceci, mes enfans.
Quand vous seriez beaucoup plus riches que vous
n'êtes si vous ne prenez pas garde à vos affaires, vos
domestiques vous voleront, les marchands seront d'accord
avec eux pour vous vendre trop cher ; vous deviendrez
pauvres, ou du moins vos enfans le deviendront. Or
il n'y a rien de plus honteux, que de devenir pauvre
par sa faute : tout le monde se moque de ces pauvres-là,
et loin d'en avoir pitié, on les méprise.

LADI MARY.

Vous dites que tout le monde est obligé de travailler,
mais les rois et les reines n'y sont pas obligés.

MADEMOISELLE BONNE.

Je vous demande pardon, ma chère ; un bon roi,
une bonne reine, travaillent beaucoup plus que le
plus pauvre de leurs sujets. Il y a deux sortes de manières de travailler, mesdames, un paysan travaille
à la terre, un menuisier travaille sur le bois, une
couturière fait des habits ; mais ce travail-là n'est pas
fort difficile. Celui où l'esprit travaille l'est bien davantage, et voilà l'ouvrage des rois et des reines. Comme
Dieu leur de mandera compte de tout le mal qui se fait
par leur faute ou leur négligence, ils doivent penser
jour et nuit à s'instruire de tout ce qui se fait dans
leur royaume ; et je vous assure qu'un bon roi, un
grand roi, n'a pas, un moment de repos,

LADI SPIRITUELLE.

Si cela est, ma Bonne, il n'y a pas beaucoup de
plaisir à être roi.

MADEMOISELLE BONNE.

Pardonnez-moi, ma chère ; un roi peut être le
plus heureux de tous les hommes ; mais pour le devenir, il faut qu'il ne se donne pas un moment de repos.

Ce travail, que vous regardez comme une peïne, fait le bonheur et la gloire de sa vie. Dites-moi, je vous prie, un bonne mère trouve-t-elle de la peine à s'occuper de ses enfans ? Non, sans doute. Hé bien, un bon roi est le père de ses sujets ; loin de trouver de la peine à s'occuper des choses qui peuvent les rendre heureux, cela lui donne une satisfaction infinie.

Adieu, mes enfans. La leçon a été un peu courte aujourd'hui, car je suis incommodée ; nous compenserons cela la première fois.

10ᵉ DIALOGUE.

HUITIEME JOURNÉE.

MADEMOISELLE BONNE.

Bonjour, mesdames ; aujourd'hui je vais vous rendre bien contentes ; j'ai lu hier un fort joli conte, et je vais vous le raconter.

Il y avait une fois un roi qui aimait passionnément une princesse ; mais elle ne pouvait se marier, parce qu'elle était enchantée. Il fut trouver une fée, pour savoir comment il devait faire pour être aimé de cette princesse. La fée lui dit : Vous savez que la princesse a un gros chat qu'elle aime beaucoup ; elle doit épouser celui qui sera assez adroit pour marcher sur la queue de son chat. Le prince dit en lui-même : Cela ne sera pas fort difficile. Il quitta donc la fée, déterminé à écraser la queue du chat, plutôt que de manquer à marcher dessus. Il courut au palais de sa maîtresse ; Minon vint au-devant de lui, faisant le gros dos, comme il avait coutume : le roi leva le pied ; mais lorsqu'il croyait l'avoir mis sur sa queue, Minon se retourna si vite, qu'il ne prit rien sous son pied. Il fut pendant huit jours à chercher à marcher

La Fée enferma Mignone dans un palais de cristal.

sur cette fatale queue ; mais il semblait qu'elle fut pleine de vif argent, car elle remuait toujours. Enfin, le roi eut le bonheur de surprendre Minon pendant qu'il était endormi, et lui appuya le pied sur la queue de toute sa force. Minon se réveilla en miaulant horriblement, puis tout à coup il prit la figure d'un grand homme, et regardant le prince avec des yeux pleins de colère, il lui dit : Tu épouseras la princesse, puisque tu as détruit l'enchantement qui t'en empêchait; mais je m'en vengerai. Tu auras un fils qui sera toujours malheureux, jusqu'au moment où il connaîtra qu'il aura le nez trop long ; et si tu parles de la menace que je te fais, tu mourras sur-le-champ. Quoique le roi fût fort effrayé de voir ce grand homme qui était un enchanteur, il ne put s'empêcher de rire de cette menace. Si mon fils a le nez trop long, dit-il en lui-même, à moins qu'il ne soit aveugle ou manchot, il pourra toujours le voir et le sentir. L'enchanteur ayant disparu, le roi fut trouver la princesse, qui consentit à l'épouser ; mais il ne vécut pas long-temps avec elle, et mourut au bout de huit mois. Un mois après, la reine mit au monde un petit prince qu'on nomma *Désir*. Il avait de grands yeux bleus, les plus beaux yeux du monde, une jolie petite bouche ; mais son nez était si grand, qu'il lui couvrait la moitié du visage. La reine fut inconsolable, quand elle vit ce grand nez, mais les dames qui étaient à côté d'elle, lui dirent que ce nez n'était pas aussi grand qu'il le lui paraissait ; que c'était un nez à la romaine, et qu'on voyait par les histoires, que tous les héros avaient eu un grand nez. La reine, qui aimait son fils à la folie, fut charmée de ce discours, et à force de regarder Désir, son nez ne lui parut plus si grand. Le prince fut élevé avec soin, sitôt qu'il sut parler, on faisait devant lui toutes sortes de mauvais contes sur les personnes qui avaient le nez court. On ne souffrait auprès de lui que ceux dont le nez ressemblait un peu au sien, et les courtisans, pour faire leur cour à la reine et à son fils, tiraient plusieurs fois par jour le nez de leurs petits enfans, pour le faire allonger : mais ils avaient beau faire, ils paraissaient camards auprès du prince Désir. Quand il fut raisonnable, on lui apprit l'histoire, et quand

on lui parlait de quelque grand prince ou de quelque
belle princesse, on disait toujours qu'ils avaient le
nez long. Toute sa chambre était pleine de tableaux
où il y avait de grands nez; et Désir s'accoutuma si
bien à regarder la longueur du nez comme une per-
fection, qu'il n'eût pas voulu pour une couronne
faire ôter une ligne du sien. Lorsqu'il eut vingt ans,
et qu'on pensa à le marier, on lui présenta le portrait
de plusieurs princesses. Il fut enchanté de celui de
Mignone. C'était la fille d'un grand roi, et elle devait
avoir plusieurs royaumes; mais Désir n'y pensait seulement pas, tant il était occupé de sa beauté. Cette
princesse, qu'il trouvait charmante, avait pourtant un
petit nez retroussé, qui faisait le plus joli effet du
monde sur son visage, mais qui jeta les courtisans
dans le plus grand embarras. Ils avaient pris l'habitude de se moquer des petits nez, et il leur échappait
quelquefois de rire de celui de la princesse, mais Désir
n'entendait pas raillerie sur cet article, et il chassa
de sa cour deux courtisans qui avaient osé parler mal
du nez de Mignone. Les autres devenus sages par
cet exemple, se corrigèrent, et il y en eut un qui dit
au prince, qu'à la vérité un homme ne pouvait pas
être aimable sans avoir un grand nez, mais que la
beauté des femmes était différente, et qu'un savant
lui avait dit avoir lu dans un vieux manuscrit grec
que la belle Cléopâtre avait le bout du nez retroussé.
Le prince fit un présent magnifique à celui qui lui dit
cette bonne nouvelle, et fit partir des ambassadeurs
pour aller demander Mignone en mariage. On la lui
accorda, et il fut au-devant d'elle à plus de trois lieues,
tant il avait envie de la voir, mais lorsqu'il s'avançait
pour lui baiser la main, on vit descendre l'enchanteur,
qui enleva la princesse à ses yeux et le rendit inconsolable. Désir résolut de ne point rentrer dans son royaume, qu'il n'eût retrouvé Mignone. Il ne voulut
permettre à aucun de ses courtisans de le suivre; et
étant monté sur un bon cheval, il lui mit la bride sur
le cou, et lui laissa prendre le chemin qu'il voulut.
Le cheval entra dans une grande plaine, où il marcha
toute la journée sans trouver une seule maison. Le
maître et l'animal mouraient de faim; enfin, sur le

soir, il vit une caverne où il y avait de la lumière. Il
y entra et vit une petite vieille qui paraissait avoir
plus de cent ans. Elle mit ses lunettes pour regarder
le prince, mais elle fut long-temps sans pouvoir les
faire tenir, parce que son nez était trop court. Le
prince et la fée (car c'en était une) firent chacun un
éclat de rire en se regardant, et s'écrièrent tous deux
en même temps : Ah, quel drôle de nez ! Pas si drôle
que le vôtre, dit Désir à la fée : mais, madame, laissons
nos nez pour ce qu'ils sont et soyez assez bonne pour
me donner quelque chose à manger ; car je meurs
de faim, aussi bien que mon pauvre cheval. De tout
mon cœur, lui dit la fée. Quoique votre nez soit ridicule,
vous n'en êtes pas moins le fils du meilleur de mes
amis. J'aimais le roi votre père comme mon frère ; il
avait le nez fort bien fait, ce prince. Et que man-
que-t-il au mien ? dit Désir. Oh ! il n'y manque rien
dit la fée ; au contraire, il n'y a que trop d'étoffe :
mais n'importe, on peut être fort honnête homme,
et avoir le nez trop long. Je vous disais donc que
j'étais l'amie de votre père ; il venait me voir souvent
dans ce temps-là. Savez-vous bien que j'étais fort
jolie alors : il me le disait. Il faut que je vous conte une
conversation que nous eûmes ensemble, la dernière
fois qu'il me vit. Hé, madame, dit Désir, je vous
écouterai avec bien du plaisir quand j'aurai soupé :
pensez, s'il vous plaît, que je n'ai pas mangé d'aujourd'hui. Le pauvre garçon ! dit la fée, il a raison, je
n'y pensais pas. Je vais donc vous donner à souper, et
pendant que vous mangerez, je vous dirai mon histoire
en quatre paroles, car je n'aime pas les longs discours :
une langue trop longue est encore plus insupportable
qu'un grand nez, et je me souviens, quand j'étais
jeune, qu'on m'admirait, parce que je n'étais pas une
grande parleuse ; on le disait à la reine ma mère ; car
telle que vous me voyez, je suis la fille d'un grand roi.
Mon père... Votre père mangeait quand il avait faim,
lui dit le prince en l'interrompant. Oui, sans doute,
lui dit la fée, et vous souperez aussi tout à l'heure :
je voudrais vous dire seulement, que mon père....Et
moi, je ne veux rien écouter que je n'aie à manger,
dit le prince, qui commençait à se mettre en colère

Il se radoucit pourtant, car il avait besoin de la fée ;
et lui dit : Je sais que le plaisir que j'aurais en vous
écoutant, pourrait faire oublier ma faim ; mais mon
cheval, qui ne vous entendra pas, a besoin de prendre
quelque nourriture. La fée se rengorgea à ce compliment. Vous ne m'entendrez pas davantage, lui dit-elle
en appelant ses domestiques ; vous êtes bien poli, et
malgré la grandeur énorme de votre nez, vous êtes
fort aimable. Peste soit de la vieille avec mon nez ! dit
le prince en lui-même ; on dirait que ma mère lui a
volé l'étoffe qui manque au sien ; si je n'avais pas besoin
de manger, je laisserais là cette babillarde, qui croit
être une petite parleuse. Il faut être bien sot, pour ne
pas connaître ses défauts ; voilà ce que c'est que d'être
née princesse ; les flatteurs l'ont gâtée et lui ont persuadé
qu'elle parle peu. Pendant que le prince pensait cela,
les servantes mettaient la table, et le prince admirait
la fée, qui leur faisait mille questions, seulement
pour avoir le plaisir de parler : il admirait surtout une
femme de chambre qui à propos de tout ce qu'elle
voyait, louait sa maîtresse sur sa discrétion ; parbleu,
pensait-il en mangeant, je suis charmé d'être venu ici.
Cet exemple me fait voir combien j'ai fait sagement
de ne pas écouter les flatteurs. Ces gens-là nous louent
effrontément, nous cachent nos défauts, et les changent
en perfections : pour moi, je ne serai jamais leur dupe,
je connais mes défauts, Dieu merci. Le pauvre Désir le
croyait bonnement, et ne sentait pas que ceux qui
avaient loué son nez, se moquaient de lui, comme la
femme de chambre de la fée se moquait d'elle ; car le
prince vit qu'elle se tournait de temps en temps pour rire.
Pour lui, il ne disait mot, et mangeait de toutes ses forces.
Mon prince, lui dit la fée, quand il commençait à être
rassasié, tournez-vous un peu, je vous prie, votre nez
fait une ombre qui m'empêche de voir ce qui est sur
mon assiette. Ah ça, parlons de votre père : j'allais à
sa cour dans le temps qu'il n'était qu'un petit garçon,
mais il y a quarante ans que je suis retirée dans cette
solitude. Dites moi un peu comment l'on vit à la cour
à présent ; les dames aiment-elles toujours à courir ?
De mon temps on les voyait le même jour à l'assemblée,
aux spectacles, aux promenades, au bal.... Que votre

nez est long ! Je ne puis m'accoutumer à le voir. En
vérité, lui répondit Désir, cessez de parler de mon
nez, il est comme il est, que vous importe ? j'en suis
content, je ne voudrais pas qu'il fût plus court, chacun
l'a comme il peut. Oh ! je vois bien que cela vous
fâche, mon pauvre Désir, dit la fée ; ce n'est pourtant pas mon intention ; au contraire, je suis de vos
amies, et je veux vous rendre service ; mais malgré
cela, je ne puis m'empêcher d'être choquée de votre
nez ; je ferai pourtant en sorte de ne vous en plus
parler; je me forcerai même de penser que vous êtes
camard quoiqu'à dire la vérité il y ait assez d'étoffe
dans ce nez pour en faire trois raisonnables Désir, qui
avait soupé, s'impatienta telle ment des discours sans
fin que la fée faisait, sur son nez, qu'il se jeta sur son
cheval, et sortit. Il continua son voyage, et partout où
il passait, il croyait que tout le monde était fou, parce
que tout le monde parlait de son nez, mais malgré
cela, on l'avait si bien accoutumé à s'entendre dire
que son nez était beau, qu'il ne put jamais convenir
avec lui-même qu'il fût trop long, La vieille fée qui
voulait lui rendre service malgré lui, s'avisa d'enfermer
Mignone dans un palais de cristal, et mit ce palais sur
le chemin du prince. Désir, transporté de joie, s'efforça de le casser ; mais il n'en put venir à bout : désespéré, il voulut s'approcher pour parler du moins à la
princesse, qui, de son côté, approchait aussi sa main
de la glace. Il voulait baiser cette main ; mais, de
quelque côté qu'il se tournât, il ne pouvait y porter
la bouche, parce que son nez l'en empêchait. Il s'aperçut,
pour la première fois, de son extraordinaire longueur,
et le promenant avec sa main pour le ranger de côté : Il
faut avouer, dit-il, que mon nez est trop long. Dans
le moment le palais de cristal tomba par morceaux, et
la vieille qui tenait Mignone par la main dit au prince:
Avouez que vous m'avez beaucoup d'obligation ; j'avais
beau vous parler de votre nez, vous n'en auriez jamais
reconnu le défaut, s'il ne fut devenu un obstacle à ce
que vous souhaitiez. C'est ainsi que l'amour-propre
nous cache les difformités de notre âme et de notre
corps. La raison a beau chercher à nous les dévoiler,
nous n'en convenons qu'au moment où ce même amour-

propre les trouve contraires à ses intérêts, Désir, dont
le nez était devenu un nez ordinaire, profita de cette
leçon : il épousa Mignone, et vécut heureux avec elle
un fort grand nombre d'années. .

LADI SPIRITUELLE.

Vous aviez raison de dire que ce conte était joli:
mais, ma Bonne, est-il possible qu'on ne connaisse
pas ses défauts? J'ai toujours bien cru que je n'étais
pas belle, et si on me disait le contraire, je penserais
qu'on se moque de moi.

MADEMOISELLE BONNE.

Votre-amour propre vous a dit que vous n'étiez pas
belle; mais je gage que vous ne croyez pas non plus
être laide.

LADI SPIRITUELLE.

Quand je me regarde je me trouve laide; mais on
a dit souvent devant moi, que j'étais de ces laides
qui plaisent ; ainsi , je pense que je suis laide et aimable en même temps.

MADEMOISELLE BONNE.

Hé bien, ma chère, si quelque flatteur vous disait
que vous êtes jolie, d'abord vous penseriez qu'il se
moque de vous; mais s'il vous répétait cela plusieurs
fois, vous commenceriez à le croire. Il est fort aisé
d'oublier ses défauts , à moins qu'on ait une bonne
amie qui nous en avertisse. Présentement , reprenons
nos histoires : commencez , miss Molly.

MISS MOLLY.

Jacob aimait mieux son fils Joseph que ses autres
enfans, parce qu'il était plus honnête homme que ses
frères, et parce qu'il était fils de sa chère Rachel .
mais il fut haï de ses frères pour plusieurs motifs. Un
jour Joseph leur vit faire une mauvaise action, il en
avertit son père Jacob, ce qui aliéna l'esprit de ses
frères. Un autre jour il leur dit : J'ai rêvé que nous
étions dans un champ, et que nous faisions des gerbes
de blé , mais toutes vos gerbes se sont abaissées de-
nt la mienne : j'ai rêvé une autre fois que le soleil

la lune et onze étoiles se prosternaient devant moi.
Quoique Jacob pensât que Dieu avait envoyé ces rêves
à Joseph, il le gronda pourtant de ce qu'il les racontait,
et lui dit : Crois-tu que ta mère et tes frères seront
tes serviteurs ? Les autres enfans de Jacob étaient donc
bien en colère contre Joseph ; et un jour qu'ils étaient
allés bien loin mener leurs troupeaux, ils virent venir
Joseph, que Jacob avait envoyé pour savoir comment
ils se portaient ; et ils dirent : Voici notre rêveur, il
faut le tuer. Ruben, qui n'était pas si méchant que
les autres, dit : Ne le tuons pas, mais jetons-le dans
un grand trou, car Ruben avait envie de revenir la
nuit pour le tirer de ce trou ; mais quand il fut parti,
les enfans de Jacob virent venir des marchands qui
allaient en Egypte. Ils tirèrent Joseph de la fosse, et
le vendirent à ces marchands, pour être esclave. Quand
Ruben vint le soir pour sauver Joseph, il fut bien fâché
de ne le point trouver, et il pleura : ses frères prirent la robe de Joseph, et l'ayant toute remplie de
sang, ils la renvoyèrent à Jacob, qui crut qu'une bête
sauvage avait dévoré Joseph, ce qui lui donna beaucoup de chagrin.

LADI CHARLOTTE. ❀

Ma Bonne, est-ce qu'il faut croire aux rêves ?

MADEMOISELLE BONNE.

Non, ma chère ; c'est la plus grande sottise du monde.
Il est vrai que Dieu s'est servi quelquefois des rêves
pour découvrir sa volonté à ses serviteurs, mais nous
ne somme pas assez bonnes pour espérer de pareilles
faveurs. D'ailleurs, cela est fort rare, et n'est arrivé
que dans des choses de la dernière conséquence.

MISS MOLLY.

Ma Bonne, je connais une dame qui explique les
rêves de tout le monde ; elle verse aussi du café sur
la table, et puis elle explique ce café renversé, et
dit à ses amies tout

MADEMOISELLE BONNE

Il ne faut jamais nommer les gens, ma chère, quand on dit d'eux des choses qui ne sont pas bonnes ; comme cette dame est une sotte, il faut bien se garder de nous dire son nom. Retenez bien, mes enfans, qu'il n'y a que Dieu qui connaisse l'avenir : or, il faut être bien sotte pour croire qu'on obligera Dieu à le découvrir, toutes les fois qu'on répandra une tasse de café ; une personne qui a de l'esprit doit se moquer de toutes ces superstitions.

LADI SPIRITUELLE.

Mais, pourtant, ma Bonne, ce que l'on explique des rêves, arrive quelquefois.

MADEMOISELLE BONNE.

Oui, par hasard, une fois en mille : ainsi c'est une folie d'être triste ou gaie, à cause d'un rêve. Allons, ladi Charlotte, continuez l'histoire de Joseph.

LADI CHARLOTTE.

Les marchands qui avaient acheté Joseph, le vendirent à un grand seigneur d'Egypte. Joseph, se voyant esclave, résolut de servir fidèlement son maître, qui se nommait *Putiphar*, et il gagna l'affection de ce seigneur. Putiphar avait une très-méchante femme, et elle voulut engager Joseph à trahir son maître : Joseph ne voulut jamais faire cette mauvaise action, et la femme de Putiphar, outrée de son refus, dit à son mari que Joseph était un méchant qui le trahissait. Putiphar, qui ne savait pas que sa femme était une calomniatrice, fut fort en colère contre Joseph, et le fit mettre en prison : il y demeura long-temps ; mais le maître de la prison, touché de sa vertu, avait beaucoup d'amitié pour lui. Il y avait dans cette prison, deux officiers du roi d'Egypte, qui s'appelait *Pharaon*. L'un était son échanson, c'est-à-dire, celui qui lui versait à boire; l'autre était son panetier, c'est-à-dire, celui qui lui fournissait son pain. Un jour l'échanson dit à Joseph : J'ai rêvé que j'avais de fort beaux raisins ; je les ai écrasés dans une coupe, et le roi a bu le jus de ces raisins. Joseph lui dit :

Ce rêve veut dire que le roi vous pardonnera et vous rendra votre charge : quand vous serez retourné à la cour, je vous prie de parler au roi pour me faire sortir de prison, car je suis innocent. Le panetier dit à Joseph : Et moi, j'ai rêvé que je portais sur ma tête une corbeille pleine de gâteaux, et que les oiseaux venaient les manger. Joseph lui répondit : Ce rêve veut dire que vous serez pendu, et que les oiseaux mangeront votre corps. Toutes ces choses arrivèrent comme Joseph l'avait prédit ; mais quand l'échanson fut à la cour, il oublia son ami Joseph, qui resta en prison.

MADEMOISELLE BONNE.

Vous voyez, mesdames, que Dieu envoyait ces rêves, et les autres dont nous parlerons, pour faire connaître l'innocence de Joseph. C'était un miracle que Dieu faisait pour le récompenser et le rendre heureux ; or, il ne faut pas croire que Dieu fasse des miracles pour rien et qu'il veuille découvrir l'avenir aux hommes, sans nécessité; ainsi je vous le répète, c'est une grande folie de vouloir expliquer les rêves, celles qui ont de l'esprit se moquent de tout ce qu'on leur dit à ce sujet.

LADI SENSÉE.

Ma Bonne, je suis en colère contre l'échanson, qui a oublié le pauvre Joseph, qui était son ami.

MADEMOISELLE BONNE.

Les gens qui vivent à la cour, n'ont guère d'amitié, ma chère; ils ne sont occupés que du désir de plaire au roi, pour faire leur fortune: ils vous diront quelquefois qu'ils sont de vos amis, qu'ils veulent vous rendre service, mais aussitôt que vous serez sortie de devant eux, ils ne penseront plus à vous ; ainsi il ne faut pas croire ce qu'ils promettent, jusqu'à ce qu'on soit assuré qu'ils ont beaucoup de vertu, et l'on est fort heureux quand on n'a pas besoin d'eux

LADI SPIRITUELLE.

Comment, toutes ces dames qui vont à la cour sont des trompeuses !

MADEMOISELLE BONNE.

Non, ma chère : tous ceux qui vont à la cour, ne sont pas des gens de cour. On appelle ainsi ceux qui ont l'amitié du prince, qui veulent faire fortune par cette amitié-là, et qui sont jaloux de tous ceux qui approchent de leur maître.

LADI SPIRITUELLE.

Il me semble, si j'étais aimée de la princesse ou de la reine, que cela ne me rendrait pas méchante, et que je serais charmée de rendre service à tout le monde.

MADEMOISELLE BONNE.

Vous le croyez, ma chère, mais l'amitié des princes change le cœur, et, pour conserver un bon cœur à la cour, il faut être quatre fois plus vertueuse qu'une autre. Mais revenons à notre histoire. Remarquez, mesdames, que Joseph obéit fidèlement à son maître et à l'homme qui commandait dans la prison, quoiqu'il ne fut pas né pour être esclave; et, par cette conduite, il gagna leur amitié.

LADI MARY.

Ma Bonne, Joseph a-t-il toujours resté en prison.

MADEMOISELLE BONNE.

Non, ma chère : miss Molly va continuer son histoire.

MISS MOLLY.

Pharaon rêva un jour qu'il voyait sept belles vaches, qui étaient si grasses qu'elles faisaient plaisir à regarder. Tout d'un coup il vit sept vaches, qui étaient si maigres qu'elles n'avaient que la peau et les os. Ces sept vaches maigres mangèrent les sept grasses, et le roi s'étant éveillé, envoya chercher les hommes les plus savans de l'Egypte, pour lui expliquer son rêve, mais ils ne purent pas le faire, parce que Dieu ne leur avait pas appris ce qu'il voulait dire. Alors l'échanson se souvint de Joseph, et dit au roi qu'il lui avait expliqué son songe et celui du panetier. On fit venir Joseph, qui dit au roi : Sire, les sept vaches grasses signifient que pendant sept ans, il y aura beaucoup de blé; mais, après ce temps, il y aura sept années pendant lesquelles il n'y aura point de blé, et ce sont les vaches maigres qui mangeront les grasses. Le roi dit à Joseph : Puisque tu as connu le mal, il faut que tu donnes le remède ; je te laisse le maître de faire tout ce que tu voudras dans mon royaume. Alors Joseph fit bâtir de grandes maisons, et quand tout le monde eut sa provision de blé, il acheta tout ce qui restait, et le mit dans les maisons qu'il avait fait bâtir ; et, au bout de sept ans, toutes ces maisons ou greniers furent pleins de blé. On ne savait pas pourquoi Joseph faisait cela ; mais on le connut bientôt ; car après les sept ans, le blé qu'on avait semé ne vint pas, et les Egyptiens furent obligés d'aller acheter le blé du roi, dont Joseph avait la charge. Pharaon connut donc la sagesse de Joseph, et il le fit le plus grand seigneur de son royaume.

LADI MARY.

Ah ! que je suis contente de voir le pauvre Joseph hors de prison ! dites-moi, je vous prie, ma Bonne, n'envoya-t-il point dire à son père Jacob, qu'il était encore vivant ?

MADEMOISELLE BONNE.

C'est ce que nous verrons la première fois, aujourd'hui nous n'avons que le temps de répéter notre géographie. Vous vous souvenez bien que nous avons trouvé cinq grandes parties au nord de l'Europe ; il y en a quatre au milieu, dites-les à ces dames, ladi Sensée.

LADI SENSÉE.

A l'ouest, on trouve la France, dont la capitale est Paris. A l'est de la France, est la Confédération germanique, qui se compose de trente-neuf états, y compris une partie de l'Autriche, de la Prusse et les quatre royaumes de Saxe, de Bavière, de Hanovre et de Wurtemberg. C'est à Francfort-sur-le-Mein que se tient la diète à laquelle préside l'empereur d'Autriche. Au nord-est de la Confédération est la Pologne, capitale Cracovie. Au sud de la Pologne est la Hongrie, dont Bude est la capitale.

MADEMOISELLE BONNE.

Dans le milieu de l'Europe se trouve au tour de la France; la Belgique au nord, capitale Bruxelles; la Hollande, au nord de la Belgique, capitale Amsterdam; à l'est de la France se trouve la Suisse; au sud-est de la France est située la Savoie, sa capitale est Chambéry.

LADI SPIRITUELLE.

Ma Bonne, qu'est-ce qu'on appelle Pays-Bas?

MADEMOISELLE BONNE.

On appelle ainsi l'étendue de pays qui est entre la mer du Nord, la France et la Confédération germanique. Autrefois ils comprenaient plusieurs provinces, qui réunies aujourd'hui ont formé les royaumes de Hollande et de Belgique.

LADI MARY.

La Savoie est-elle un beau pays?

MADEMOISELLE BONNE.

Ce pays est plein de montagnes, dont les sommets sont toujours couverts de neige, et où l'on voit des vallons toujours remplis de glace : il appartient à un prince nommé le roi de Sardaigne. Berne est la capitale de la Suisse, le plus haut pays de l'Europe. C'est un état composé de vingt-deux cantons tous indépendans les uns des autres, lesquels forment une puissante république. Adieu, mesdames, apprenez bien vos leçons, et je tâcherai de vous trouver un conte pour la première fois.

ⱺⱺⱺⱺⱺ ⱺⱺⱺⱺⱺⱺⱺⱺⱺⱺⱺⱺⱺⱺⱺⱺⱺⱺⱺⱺⱺⱺⱺⱺⱺⱺⱺⱺⱺⱺⱺⱺⱺⱺⱺⱺⱺⱺⱺ

11ᵉ DIALOGUE.

NEUVIÈME JOURNÉE.

LADI SPIRITUELLE.

MA Bonne, j'ai une jolie histoire à dire à ces dames.
Ce n'est pas un conte, au moins, cela est arrivé à Paris,
à une dame que maman connaît, et elle a reçu hier
une lettre dans laquelle on lui écrit cette histoire.

MADEMOISELLE BONNE.

Je serai charmée de l'entendre aussi bien que ces
dames.

LADI SPIRITUELLE.

Maman, dans le temps qu'elle était à Paris, a connu
une dame qui a une fille qu'on appelle mademoiselle
Julie. Cette demoiselle est la meilleure fille du monde.
Elle n'a jamais fait de mal à personne, pas même aux
bêtes, et elle est fâchée quand elle voit tuer une
mouche. Un jour que mademoiselle Julie se promenait,
elle vit un pauvre chien que des petits garçons traînaient
avec une corde, pour le jeter dans la rivière. Ce pauvre
chien était très-laid et tout crotté. Julie en eut pitié,
et dit à ces petits garçons : je vous donnerai un escalin,
si vous voulez me donner ce chien : sa femme de
chambre lui dit : Que voulez-vous faire de ce chien ?
il est vilain. Cela est vrai, dit Julie, mais il est
malheureux ; si je l'abandonne, personne n'en aura
pitié. Elle fit laver ce chien et le mit dans son carrosse.
Tout le monde se moqua d'elle quand elle revint à la
maison ; mais cela ne l'a pas empêchée de garder cette
pauvre bête depuis trois ans. Il y a huit jours qu'elle
était couchée, et qu'elle commençait à s'endormir,
lorsque son chien a sauté sur son lit, et s'est mis à la
tirer par sa manche : il aboyait si fort, qu'elle s'est

6..

éveillée ; et comme elle avait une lampe dans sa
chambre, elle a vu son chien qui aboyait en regardant
sous son lit. Julie, ayant peur, courut ouvrir sa porte
et appela ses domestiques, qui, par bonheur, n'étaient
pas encore couchés. Ils vinrent à sa chambre, et trouvèrent un voleur caché sous le lit, qui avait un poignard ;
et ce voleur a dit qu'il aurait tué cette demoiselle
pendant la nuit pour prendre ses diamans ; ainsi ce
pauvre chien lui a sauvé la vie.

MADEMOISELLE BONNE.

Vous aviez raison, ma chère, de nous dire que votre
histoire était fort jolie. Il est certain que la pitié,
même pour les animaux, est la marque d'un cœur
généreux ; mais j'aime beaucoup cette pensée de votre
demoiselle Julie : *Ce chien n'est pas beau, mais il est
malheureux.* Tout ce qui est malheureux devient
respectable à une personne d'un bon caractère : c'est
par cette raison que les honnêtes gens traitent avec
douceur les domestiques et les ouvriers.

LADI MARY.

Est-ce que tous ces gens-là sont malheureux ?

MADEMOISELLE BONNE.

Mettez-vous en leur place, ma bonne amie ; par
exemple : votre gouvernante avait autrefois des domestiques ; elle leur commandait, ils lui obéissaient ; mais
comme elle est devenue pauvre, c'est elle qui doit obéir
aux autres. Vous sentez bien que cela lui doit faire de
la peine. Les autres domestiques, qui n'ont jamais
été riches, ne sont pas malheureux, s'ils ont de bons
maîtres ; mais si on les gronde mal à propos, si on les
méprise, si on leur parle rudement, ils disent en eux-
mêmes : Que je suis malheureux d'être forcé par la
pauvreté de servir ces méchantes gens qui me maltrai-
tent, qui me parlent comme à un esclave, quoiqu'ils
soient des créatures de la même nature que moi. Les
meilleurs maîtres ont des caprices, qui rendent quelquefois les domestiques misérables ; il faut donc en
avoir pitié. Et puis, ma chère, ces pauvres gens-là
ont déjà assez de mal. Votre laquais, votre porteur de

chaise sont exposés dans la rue, à la pluie, au vent et au froid pendant que vous êtes bien chaudement dans votre carrosse ou dans votre chaise. Ils ont mille autres sujets de chagrin : il serait donc bien cruel de leur en donner encore davantage. J'en dis autant de tous ceux qui sont obligés de travailler pour gagner leur vie : il faut bien prendre garde de les rendre plus malheureux qu'ils ne sont. Par exemple vous envoyez chercher un pauvre ouvrier, et, quand il est venu, vous le faites attendre deux heures, ou bien vous lui faites dire qu'il revienne une autre fois, que vous n'avez pas le temps de lui parler : vous ne pensez pas que pendant qu'il court il ne travaille pas, que vous lui faites perdre son temps, qu'il sera obligé de travailler pendant la nuit pour finir son ouvrage, sans quoi il n'aura pas de pain : n'est-il pas bien cruel de faire toutes ces choses ?

LADI SPIRITUELLE.

En vérité, ma Bonne, on ne pense point à tout cela. Je fais courir mon cordonnier et mon tailleur, trois ou quatre jours avant d'être en commodité d'essayer mon corset ou mes souliers, je pleurerais presque quand j'y pense. Pour les domestiques, ma Bonne, ils sont si impertinens, qu'on a bien de la peine à avoir pitié d'eux.

MADEMOISELLE BONNE.

Ma chère, la plus grande partie du temps, ce sont les mauvais maîtres qui font les mauvais domestiques. Vous ne les aimez pas, ils ne vous aiment pas non plus ; ils vous servent, parce qu'ils ont besoin de votre argent ; mais en même temps, ils maudissent leur pauvreté qui les force à vous servir. Je me souviendrai toujours de ce que miladi Br.... disait à une aimable fille qu'elle a perdue, et qui sans doute eût pu dans la suite servir de modèle à toutes les dames : « Si vous voulez être bien servie, ma chère, faites en sorte que vos domestiques vous servent avec plaisir et non par intérêt, qu'ils ne pensent pas à l'argent que vous leur donnez, mais à la douceur qu'ils trouvent à vous servir. Reprochez-vous comme un crime une

parole dure à leur égard ; qu'ils connaissent sur votre
visage et par vos paroles que vous leur êtes obligée
quand ils font leur devoir ; que vous vous intéressez
à leur fortune, à leurs maladies, à leurs chagrins.
Si vous suivez mes conseils, vos domestiques vous
regarderont comme une mère ; ils vous respecteront,
et aimeront mieux gagner quatre guinées dans votre
maison que huit chez un autre. » Voilà, mes enfans,
ce que cette dame respectable disait à sa fille, et cette
demoiselle avait tellement pratiqué les leçons de sa
mère, qu'elle était adorée de toute la maison. Elle
disait toujours : Je vous prie, faites cela. Elle les remerciait des petits services qu'ils lui rendaient d'un
air doux, content ; et quand elle était obligée de les
reprendre, c'était sans gronder, en sorte qu'ils avaient
une grande crainte de lui déplaire, et quand elle est
morte, ils étaient aussi affligés que s'ils eussent perdu
leur enfant.

LADI SPIRITUELLE.

Allons, ma Bonne, je veux ressembler à cette demoiselle, et être bonne pour mes domestiques ; mais
j'aurai de la peine, car ma gouvernante me gronde
quand je leur parle.

MADEMOISELLE BONNE.

Elle a raison, ma chère. Il faut être bonne avec les
domestiques ; mais il ne faut pas se familiariser avec
eux, cela ferait qu'ils vou manqueraient de respect.

LADI CHARLOTTE.

Qu'est-ce que se familiariser avec les domestiques'

MADEMOISELLE BONNE.

C'est leur parler sans besoin, rire, badiner avec
eux, leur demander des nouvelles, leur raconter ce
que l'on a fait.

MISS MOLLY.

Ma Bonne, maman fait tout ce que vous dites-là
avec sa femme de chambre : elle lui dit tout ce qu'elle
fait, et cette femme la gronde quelquefois comme
si elle était une petite fille.

MADEMOISELLE BONNE.

Premièrement, ma chère, il ne faut jamais rapporter ce que fait votre maman, surtout quand vous croyez que cela n'est pas bien. Secondement, votre maman a raison de faire ce qu'elle fait. Il y a vingt ans qu'elle a cette femme de chambre; et elle sait qu'elle l'aime plus que toute chose au monde, et qu'elle a refusé d'aller demeurer chez d'autres dames qui lui offraient beaucoup plus d'argent. Quand votre maman est malade, cette pauvre femme ne veut pas se coucher, elle reste avec la garde. D'ailleurs elle sait que c'est une honnête personne qui lui a toujours donné de bons conseils, et qui ne l'a jamais flattée. Quand on a le bonheur d'avoir un tel domestique, il ne faut plus le regarder que comme un ami, et il faut lui pardonner la liberté qu'il prend de nous gronder quelquefois, parce qu'on connaît que c'est par affection et pour notre bien; mais ces sortes de domestiques sont rares : ainsi on peut toujours dire en général, qu'il est dangereux de se familiariser avec eux. Mais les domestiques m'ont fait oublier une jolie histoire que je voulais vous dire. Nous l'avons lue hier au soir, ladi Sensée et moi. Elle va vous le raconter.

LADI SENSEE.

Il y avait un voyageur qui se perdit dans une forêt: il était presque nuit, et ayant vu une caverne, il y entra pour y attendre le lendemain; mais un moment après, il vit venir un lion vers cette caverne. Cet homme eut une grande frayeur, et crut que le lion l'allait manger. Ce lion marchait sur trois pattes et tenait la quatrième levée : il s'approcha du voyageur, et lui montra cette patte, où il avait une grande épine. L'homme ôta l'épine, et ayant déchiré son mouchoir de poche, il enveloppa la patte du lion. Cet animal, pour le remercier le caressa comme si c'eût été un chien, et ne lui fit aucun mal; et le lendemain l'homme continua son voyage.

Quelques années après, cet homme ayant commis un crime, fut condamné à être déchiré par les bêtes sauvages. Lorsqu'il fut dans un lieu qu'on nommait l'*Arène*, on fit sortir contre lui un lion furieux, qui d'abord courut à lui pour le dévorer ; mais quand il fut proche de cet homme, il s'arrêta pour le regarder, et l'ayant reconnu pour celui qui lui avait ôté l'épine du pied, il s'approcha de lui en remuant la tête et la queue, pour lui témoigner le plaisir qu'il avait de le revoir. L'empereur fut fort surpris de voir cela, et ayant fait venir cet homme, il lui demanda s'il connaissait ce lion : le criminel lui raconta son histoire, et l'empereur lui accorda sa grâce.

LADI CHARLOTTE.

Est-ce que les empereurs voyaient mourir les criminels ? ma Bonne. Il me semble que cela était bien cruel.

MADEMOISELLE BONNE.

Oui, ma chère ; mais ce qu'il y a de plus abominable, c'est que les dames et tous les gens de qualités allaient voir cet affreux spectacle. On y courait comme à l'opéra ou à la comédie ; on se divertissait aussi à voir combattre des hommes qu'on nommait *gladiateurs*, et qui, pour de l'argent, se déchiraient par morceaux.

LADI MARY.

Je vous assure, ma Bonne, que je suis charmée de n'être point née parmi ce vilain peuple-là. L'autre jour, il y eut deux hommes qui se battaient devant ma fenêtre, je ne voulus pas les regarder ; mais ma servante me dit qu'elle était bien aise, parce qu'elle n'avait vu jamais cela : depuis ce temps je ne l'aime plus. D'où vient qu'on n'empêche pas ces gens de se battre ? Si j'étais reine, je les ferais mettre en prison.

LADI SENSÉE

Et moi aussi, ma chère ; mais au lieu de cela, on les encourage. J'en vis un, l'autre jour, en passant, qui mordit le bras de son camarade, comme s'il eût été un chien : j'étais dans le carrosse, et je me mis à crier de toutes mes forces, et à dire des injures à tous ceux qui étaient là, et qui n'empêchaient pas ces deux hommes de se battre.

MADEMOISELLE BONNE

Vous avez bien raison d'avoir horreur de ces chose,
mes bons enfans. Mais il est tard, hâtons-nous de dire
nos histoires. Commencez, miss Molly.

MISS MOLLY.

Vous savez mesdames, que Jacob avait beaucoup
d'enfans, et un grand nombre de domestiques ; il
n'avait plus guère de blé pour faire du pain, et ayant
appris qu'on en vendait dans l'Egypte; il dit à ses fils :
Prenez de l'argent, allez en Egypte pour acheter du
blé. Les dix enfans de Jacob partirent pour l'Egypte;
mais il garda auprès de lui le petit Benjamin. Quand
les enfans de Jacob furent devant Joseph, ils ne le
reconnurent pas ; mais lui les reconnut fort bien ; et
faisant semblant d'être en colère, il leur dit : Vous êtes
des espions, vous êtes venus dans ce pays pour trahir
le roi. Ils lui répondirent, en se prosternant devant
lui ; Seigneur, nous ne sommes point des espions, mais
nous sommes frères et enfans du même père ; nous
avons encore un frère à la maison, et un autre qui
est mort il y a long-temps. Vous êtes des menteurs,
leur dit Joseph, et je ne vous croirai point, à moins
que vous n'ameniez ici ce jeune frère que vous avez.
Alors les frères de Joseph qui ne le connaissaient pas,
et qui croyaient qu'il n'entendait pas leur langue,
dirent : Dieu nous punit pour avoir tué notre pauvre
frère Joseph, qui nous priait d'avoir pitié de lui.
Joseph qui n'avait pas oublié la langue de son pays,
les entendit fort bien, et leur dit : Retournez chez
votre père pour ramener le petit Benjamin; je garderai un de vous dans la prison et si vous ne revenez
pas, je le ferai mourir. Les neuf enfans de Jacob
retournèrent auprès de leur père ; mais ils furent bien
étonnés de retrouver dans leurs sacs l'argent qu'ils
avaient donné pour payer le blé; car Joseph avait
commandé qu'on remît leur argent dans les sacs.
Cependant ils racontèrent leur aventure à leur père ;
mais Jacob ne voulait point laisser aller Benjamin:
quand ils eurent mangé tout leur blé, il fallut pourtant retourner; et Juda, l'aîné des enfans de Jacob,

lui dit qu'il lui répondait de son jeune frère, et Jacob les laissa partir.

MADEMOISELLE BONNE.

Continuez, ladi Mary.

LADI MARY

Joseph fut bien charmé quand il vit son jeune frère ; et ayant fait sortir Siméon, qui était en prison, il dit à son intendant de mener ces étrangers dans sa maison ; parce qu'il voulait manger avec eux. Ils eurent peur quand ils entendirent cela, et dirent à l'intendant : Nous ne savons pas comment cela s'est fait, mais nous avons trouvé dans nos sacs l'argent que nous avions donné pour le blé dans l'autre voyage. L'intendant leur répondit ; Soyez tranquilles, j'ai reçu votre argent, je ne vous demande rien. Quand Joseph fut venu, il demanda comment se portait Jacob, et regardant son frère, qui était comme lui fils de Rachel, les larmes lui vinrent aux yeux, et il se retira un moment. Ensuite ils se mirent à table, et Benjamin avait une portion cinq fois plus grosse que les autres. Le lendemain, Joseph commanda à son intendant de leur donner du blé, mais il lui dit en même temps de cacher dans le sac de Benjamin une belle coupe d'or dans laquelle il buvait. Quand les enfans de Jacob furent un peu éloignés, le maître-d'hôtel courut après, et leur dit : Vous êtes des voleurs et des méchans : mon maître vous a bien reçus dans sa maison ; et pour le récompenser vous avez emporté sa coupe d'or. Ils répondirent tous : Nous n'avons point fait cette mauvaise action ; et si vous trouvez la coupe parmi nous, nous consentons d'être esclaves de votre maître. Alors ils vidèrent leurs sacs, et on trouva la coupe dans le sac de Benjamin. Ils retournèrent auprès de Joseph, qui leur dit : Il n'est pas juste que les innocens souffrent pour le coupable ; allez chez votre père, et le voleur sera mon esclave. Juda se jetant aux pieds de Joseph, lui dit : Seigneur, ne vous mettez point en colère, je vous prie : permettez-moi d'être votre esclave à la place de Benjamin : car si mon père nous voit retourner sans lui, il

mourra de chagrin. Joseph ne pouvant plus retenir
ses pleurs, fit sortir tout le monde, et dit à ses frères:
Je suis Joseph votre frère, que vous avez vendu ; mais
je vous pardonne n'ayez pas peur. C'est Dieu qui a permis cela, pour que je pusse vous donner du pain. Cependant Pharaon ayant appris que Joseph avait
retrouvé ses frères, en fut très-content, et il lui dit :
Prenez des chariots, et envoyez chercher votre
père ; je veux qu'il vienne en Egypte avec sa famille,
et je lui donnerai le plus beau pays de toute l'Egypte
pour y demeurer. Ensuite Joseph, après avoir
beaucoup caressé ses frères, surtout Benjamin, leur
fit de grands présens, et les envoya chercher leur père
Jacob.

MADEMOISELLE BONNE.

Continuez, ladi Charlotte.

LADI CHARLOTTE.

Quand les enfans de Jacob furent arrivés, ils dirent
à leur père : Réjouissez-vous, votre fils Joseph n'est
pas mort, il est devenu un grand Seigneur : c'est lui
qui a le blé de toute l'Egypte. Jacob eut bien de la
peine à croire cette bonne nouvelle ; mais quand il
eut vu les présens, il remercia Dieu en pleurant de joie,
et partit avec toute sa famille, pour aller revoir son
cher fils. Joseph, après l'avoir embrassé, le présenta
au roi, qui lui demanda quel âge il avait. J'ai cent
trente ans, répondit Jacob, et les jours de mon
voyage sur la terre ont été courts et fâcheux. Pharaon
donna à Jacob et à ses enfans un fort beau pays,
où il y avait des pâturages pour ses troupeaux, et
Jacob vécut encore plusieurs années. Avant de mourir,
il prédit à ses enfans tout ce qui devait leur arriver,
et il assura à Judas son fils, que la couronne viendrait
dans sa maison, et qu'elle n'en sortirait jamais. Après
sa mort, on transporta son corps au tombeau de ses
pères, car il avait fait jurer à Joseph de lui accorder cette satisfaction. Joseph vécut un grand nombre
d'années ; et comme Dieu lui avait révélé que les
descendans de Jacob, qu'on nommait *Israélites*,
sortiraient un jour de l'Egypte, il fit jurer à se sen-
fans d'emporter ses os pour les mettre auprès de
ceux de Jacob.

LADI SPIRITUELLE.

En vérité, ma Bonne, je n'ai pu m'empêcher de pleurer en écoutant cette histoire ; Joseph était bien honnête homme de faire tant de bien à ses frères qui l'avaient traité si cruellement.

MADEMOISELLE BONNE.

Quand Jacob fut mort, ses frères eurent peur qu'il ne cherchât à se venger ; mais il les rassura, et leur dit toujours que son esclavage était arrivé par la volonté de Dieu, et qu'il le leur avait pardonné de tout son cœur.

LADI SENSÉE.

Pour moi, ma Bonne, j'admire la sagesse de Dieu, qui se sert de la malice des hommes pour faire réussir ses desseins. Qui est-ce qui n'aurait pas pensé que Joseph était fort malheureux d'avoir de si méchans frères, d'être vendu comme un esclave, d'être accusé par la femme de Putiphar, et d'être mis dans une prison?

Cependant, si tous ces malheur n'étaient pas arrivés à Joseph, il n'aurait pas eu le plaisir de sauver l'Egypte et sa famille, ni de pardonner à ses frères.

LADI CHARLOTTE.

Est-ce qu'il y a du plaisir à pardonner à ceux qui nous ont fait beaucoup de mal ?

MADEMOISELLE BONNE.

Oui, ma chère, c'est le plus grand plaisir qu'il y ait au monde ; jugez-en par vous-même. Je suppose que vous soyez fort en colère contre moi, que vous me disiez des injures, que vous me preniez mon argent que vous m'ayez crevé l'œil, et qu'après, tout ce mal que vous m'auriez fait, je vous trouvasse dans un bois prête à mourir de faim, et que je vous donnasse à manger ; n'est-il pas vrai que vous diriez : J'étais bien méchante de faire du mal à cette personne qui est si bonne ?

LADI CHARLOTTE.

Vous me faites pleurer, seulement en me disant

cela ; je vous assure que j'aurais bien du regret de vous avoir causé tout ce mal; je vous en demanderais pardon, et je tâcherais de vous faire tant de bien, que vous oublieriez toutes mes méchancetés.

MADEMOISELLE BONNE.

Ne voyez-vous pas, ma chère, combien je serais contente de vous voir devenir bonne ? Cela me ferait beaucoup plus de plaisir que le mal que j'aurais pu vous faire en me vengeant.

LADI SPIRITUELLE.

Mais si, au lieu de vous remercier pour le pain que vous lui auriez donné, ladi Charlotte cherchait encore à vous faire du mal, vous n'auriez pas le plaisir de la voir devenir bonne.

LADI CHARLOTTE.

Je vous assure, madame, que je ne suis pas si méchante que vous le pensez, et que jamais je ne voudrais faire du mal à mademoiselle, qui aurait été si bonne pour moi.

LADI SPIRITUELLE, en l'embrassant.

Je le sais bien, ma chère ; ce que je dis est seulement par une supposition.

MADEMOISELLE BONNE.

Supposez donc que ladi Charlotte, ou une autre, continuât d'être encore méchante, après que je lui aurais rendu le bien pour le mal ; il me resterait le plaisir d'être contente de moi, d'avoir fait mon devoir. Ce plaisir est le plus grand de tous ceux qu'on peut avoir, et nos ennemis ne peuvent nous l'ôter.

LADI SENSEE.

Ma Bonne, voulez-vous me permettre de dire à ces dames une jolie histoire, dont je me souviens ?

MADEMOISELLE BONNE.

Volontiers, ma chère.

LADI SENSÉE.

Il y avait un homme, nommé Lycurgue, qui donna

des lois à une ville appelée Sparte. Ces lois n'étaient
pas du goût d'un jeune homme qui n'aimait pas
Lycurgue, et ce jeune homme donna un coup de
bâton au législateur, et lui creva l'œil. Le peuple de
Sparte dit à Lycurgue : Prenez ce méchant garçon
pour le punir selon votre fantaisie. Je le veux bien,
dit Lycurgue, et je le punirai d'une manière qui éton-
nera tout le monde. Il prit donc ce jeune homme, le
mena dans sa maison, et le traita comme s'il eût été
son fils. Tous les jours, il lui disait qu'il y avait beaucoup de plaisir à pardonner, à être doux et honnête.
Ce jeune homme fut si touché de la bonté de Lycurgue, qu'il résolut de devenir aussi bon que lui, si
cela était possible, et véritablement tout le monde
fut étonné de la vengeance que Lycurgue en avait
prise. Mais le jeune homme dit au peuple : Il m'a puni
plus sévèrement que vous ne pensez : s'il m'avait fait
mourir, je n'aurais souffert qu'un moment, au lieu
que je souffrirai toute ma vie du regret de lui avoir
crevé l'œil.

MADEMOISELLE BONNE.

Cette histoire est fort belle; et vous l'avez fort bien
racontée. Disons présentement un mot de la géographie, car il est tard. Je vous ai promis les noms des
parties de l'Europe qui sont au sud; il y en a cinq
principales. Au sud-ouest, on trouve le Portugal; à
l'est du Portugal, on trouve l'Espagne. A l'est de
l'Espagne, il y a une grande mer, qu'on appelle *Méditerranée*; et après avoir traversé cette grande mer,
on trouve l'Italie qui est faite comme une botte. A
l'est de l'Italie, on trouve la Turquie d'Europe; et
au nord-est de la Turquie d'Europe, on trouve la
petite Tartarie. La capitale du Portugal est Lisbonne;
celle de l'Espagne est Madrid, celle de l'Italie est
Rome; celle de la Turquie, est Constantinople. La
petite Tartarie n'en a point, parce que ses peuples
vivent sous des tentes comme faisait Abraham.

LADI MARY.

Ma Bonne, ladi Sensée a dit un mot que je ne
comprends pas. Qu'est-ce qu'un législateur?

MADEMOISELLE BONNE.

C'est un homme qui donne des lois. Ainsi, comme Lycurgue a donné des lois à la ville de Sparte, on dit que c'est un législateur.

`oc.●●○○●●○○●○○○●●○○●○○○○○○○○○○○○○○○○●●○●○○●○○○●○○○●○○●●○○○●○○`

12ᵉ DIALOGUE.

DIXIÈME JOURNÉE.

LADI CHARLOTTE.

MA Bonne, j'ai trouvé dans un livre tout ce que vous nous avez dit de la géographie, et bien d'autres choses encore que j'ai apprises par cœur.

MADEMOISELLE BONNE.

Cela est très-bien, ma chère; mais voyons ce que vous avez appris.

LADI CHARLOTTE.

J'ai appris à voyager sur toutes les mers de l'Europe, en passant par les détroits. Je me mets dans une mer qui est à l'est de l'Europe; elle s'appelle la mer d'Azof ou de Zabache. Je sors de cette mer par le détroit de Caffa, et j'entre dans la mer Noire. Je sors de la mer Noire par le détroit de Constantinople, et j'entre dans la mer de Marmara. Je sors de la mer de Marmara par le détroit des Dardanelles, et j'entre dans la mer Méditerranée. Entre l'Italie et la Sicile, je trouve le détroit ou le phare de Messine. Entre l'île de Corse et la Sardaigne, qui sont aussi dans la Méditerranée, je trouve le détroit de Boniface. Je sors de la mer Méditerranée par le détroit de Gibraltar, et j'entre dans le grand Océan. Entre la France et l'Angleterre, je trouve la Manche, ou le canal Britannique; de là je passe au Pas-de-Calais, qu'on appelle aussi détroit de Douvres; ensuite à la mer du Nord ou d'Allemagne; enfin, je passe par le Sund, et j'entre dans la mer Baltique.

MADEMOISELLE BONNE.

Reposez-vous , ma chère ; car vous avez fait un grand voyage.

LADI CHARLOTTE.

Et je ne suis guère fatiguée. Pour la première fois j'apprendrai les noms de toutes les montagnes de l'Europe, et de tous les golfes.

MADEMOISELLE BONNE.

Cela sera très-bien ; et moi , pour vous récompenser , je vais vous dire un joli conte.

Il y avait une fois une jolie dame qui avait deux filles : l'aînée, qui se nommait *Aurore*, était belle comme le jour , et elle avait un assez bon caractère. La seconde , qui se nommait *Aimée*, était bien aussi belle que sa sœur ; mais elle était maligne, et n'avait de l'esprit que pour faire du mal. La mère avait été aussi fort belle, mais elle commençait à n'être plus jeune, et cela lui donnait beaucoup de chagrin. Aurore avait seize ans , et Aimée n'en avait que douze: ainsi, la mère qui craignait de paraître vieille , quitta le pays où tout le monde la connaissait, et en voya sa fille aînée à la campagne parce, qu'elle ne voulait pas qu'on sût qu'elle avait une fille si âgée. Elle garda la plus jeune auprès d'elle , et fut dans une autre ville , et elle disait à tout le monde qu'Aimée n'avait que dix ans , et qu'elle l'avait eue ayant quinze ans. Cependant , comme elle craignait qu'on ne découvrit sa tromperie, elle envoya Aurore dans un pays bien loin, et celui qui la conduisait, la laissa dans un grand bois , où elle s'était endormie en se reposant. Quand Aurore se réveilla , et qu'elle se vit toute seule dans ce bois, elle se mit à pleurer. Il était presque nuit , et s'étant levée , elle cherchât à sortir de cette forêt ; mais au lieu de trouver son chemin , elle s'égara encore davantage. Enfin elle vit de bien loin une lumière, et étant allée de ce côté-là , elle trouva une petite maison. Aurore frappa à la porte, et une bergère vint lui ouvrir, et lui demanda ce qu'elle voulait. Ma bonne mère, lui dit Aurore , je vous prie, par charité , de **me** donner la permission de

coucher dans votre maison ; car si je reste dans le bois,
je serai mangée des loups. De tout mon cœur, ma
belle fille, lui répondit la bergère : mais dites-moi,
pourquoi êtes-vous dans ce bois si tard? Aurore lui
raconta son histoire, et lui dit : Ne suis-je pas bien
malheureuse d'avoir une mère si cruelle! et ne vau-
drait-il pas mieux que je fusse morte en venant
au monde que de vivre pour être ainsi maltraitée!
Qu'est-ce que j'ai fait au bon Dieu pour être si miséra-
ble? Ma chère enfant, répliqua la bergère, il ne faut
jamais murmurer contre Dieu ; il est tout-puissant, il
est sage, il vous aime, et vous devez croire qu'il n'a
permis votre malheur que pour votre bien. Confiez-vous
en lui, et mettez-vous bien dans la tête que Dieu
protége les bons et que les choses fâcheuses qui leur
arrivent ne sont pas toujours des malheurs : demeurez
avec moi, je vous servirai de mère, et je vous aimerai
comme ma fille. Aurore consentit à cette proposition,
et le lendemain la bergère lui dit : Je vais vous donner un petit troupeau à conduire ; mais j'ai peur que
vous vous ennuyez, ma belle fille ; ainsi, prenez une
quenouille, et vous filerez, cela vous amusera. Ma
mère, répondit Aurore, je suis une fille de qualité,
ainsi je ne sais pas travailler. Prenez donc un livre,
lui dit la bergère. Je n'aime pas la lecture, lui répondit Aurore en rougissant. C'est qu'elle était
honteuse d'avouer à la fée qu'elle ne savait pas lire
comme il faut. Il fallut pourtant avouer la vérité :
elle dit à la bergère, qu'elle n'avait jamais voulu apprendre à lire quand elle était petite, et qu'elle n'en
avait pas eu le temps quand elle était devenue grande.
Vous aviez donc de grandes affaires? lui dit la bergère. Oui, ma mère, répondit Aurore. J'allais me
promener tous les matins avec mes bonnes amies ;
après dîner je me coiffais ; le soir je restais à notre
assemblée, et puis j'allais à l'opéra, à la comédie, et la
nuit j'allais au bal. Véritablement, dit la bergère,
vous aviez de grandes occupations, et sans doute vous
ne vous ennuyiez pas. Je vous demande pardon, ma
mère, répondit Aurore. Quand j'étais un quart-d'heure
toute seule, ce qui m'arrivait quelquefois, je m'ennuyais à mourir ; mais quand nous allions à la campa-

gne, c'était bien pire, je passais toute la journée à me coiffer et à me décoiffer, pour m'amuser. Vous n'tiez donc pas heureuse à la campagne, dit la bergère. Je ne l'étais pas à la ville non plus, répondit Aurore. Si je jouais, je perdais mon argent : si j'étais dans une assemblée, je voyais mes compagnes mieux habillées que moi, et cela me chagrinait beaucoup ; si j'allais au bal, je n'étais occupée qu'à chercher des défauts à celles qui dansaient mieux que moi, enfin je n'ai jamais passé un jour sans avoir du chagrin. Ne vous plaignez donc plus de la Providence, lui dit la bergère ; en vous conduisant dans cette solitude, elle vous a ôté plus de chagrins que de plaisirs ; mais ce n'est pas tout. Vous auriez été par la suite encore plus malheureuse ; car, enfin, on n'est pas toujours jeune ; le temps du bale de la comédie passe quand on devient vieille, et si on veut toujours être dans les assemblées, les jeunes gens se moquent de vous, d'ailleurs, on ne peut plus danser, on n'oserait plus se coiffer ; il faut donc s'ennuyer à mourir, et être fort malheureuse. Mais, ma bonne mère, dit Aurore, on ne peut pourtant rester seule ; la journée paraît longue comme un an, quand on n'a pas compagnie. Je vous demande pardon, ma chère, répondit la bergère ; je suis seule ici, et les années me paraissent courtes comme les jours : si vous voulez, je vous apprendrai le secret de ne vous ennuyer jamais. Je le veux bien, dit Aurore ; vous pouvez me gouverner comme vous le jugerez à propos; je veux vous obéir. La bergère profitant de la bonne volonté d'Aurore, lui écrivit sur un papier tout ce qu'elle devait faire. Toute la journée était partagée entre la prière, la lecture, le travail et la promenade. Il n'y avait point d'horloge dans ce bois, et Aurore ne savait pas quelle heure il était ; mais la bergère connaissait l'heure par le soleil ; elle dit à Aurore de venir dîner : Ma mère, dit cette belle fille à la bergère, vous dînez de bonne heure, il n'y a pas long-temps que nous sommes levées. Il est pourtant deux heures, reprit la bergère en souriant, et nous sommes levées depuis cinq heures ; mais ma fille, quand on s'occupe utilement, le temps passe bien vite, et jamais on ne s'ennuie. Aurore charmée de ne plus sentir l'ennui,

s'appliqua de tout son cœur à la lecture et au travail;
et elle se trouvait mille fois plus heureuse au milieu
de ses occupations champêtres, qu'à la ville. Je vois
bien, disait-elle à la bergère, que Dieu fait tout pour
notre bien. Si ma mère n'avait pas été injuste et
cruelle à mon égard, je serais restée dans mon ignorance et la vanité, l'oisiveté, le désir de plaire,
m'auraient rendue méchante et malheureuse. Il y
avait un an qu'Aurore était chez la bergère, lorsque le
frère du roi vint chasser dans le bois où elle gardait
ses moutons. Il se nommait *Ingénu*, et c'était le meilleur prince du monde: mais le roi son frère, qui s'appelait *Fourbin*, ne lui ressemblait pas, car il n'avait
de plaisir qu'à tromper ses voisins, et à maltraiter ses
sujets. Ingénu fut charmé de la beauté d'Aurore,
et lui dit qu'il se croirait fort heureux, si elle voulait
l'épouser. Aurore le trouvait fort aimable; mais elle
savait qu'une fille qui est sage, n'écoute point les hommes qui tiennent de pareils discours: Monsieur, dit-elle
à Ingénu, si ce que vous dites est vrai, vous irez
trouver ma mère, qui est une bergère; elle demeure
dans cette petite maison que vous voyez tout là-bas:
si elle veut bien que vous soyez mon mari, je le voudrai
bien aussi; car elle est si sage, si raisonnable, que je
ne lui désobéis jamais. Ma belle fille, reprit Ingénu, j'irai
de tout mon cœur vous demander à votre mère; mais
je ne voudrais pas vous épouser malgré vous : si elle
consent que vous soyez ma femme, cela peut-être vous
donnera du chagrin, et j'aimerais mieux mourir que
de vous causer de la peine. Un homme qui pense comme
cela, a de la vertu, dit Aurore, et une fille ne peut
être malheureuse avec un homme vertueux. Ingénu
quitta Aurore et fut trouver la bergère qui connaissait
sa vertu, et qui consentit de bon cœur à son mariage:
il lui promit de revenir dans trois jours pour voir
Aurore avec elle, et partit le plus content du monde,
après lui avoir donné sa bague pour gage. Cependant
Aurore avait beaucoup d'impatience de retourner à
la petite maison: Ingénu lui avait paru si aimable
qu'elle craignait que celle qu'elle appelait sa mère
ne l'eût rebuté; mais la bergère lui dit : Ce n'est pas
parce qu'Ingénu est Prince, que j' consenti à votre

7

mariage avec lui, mais parce qu'il est le plus honnête homme du monde. Aurore attendait avec quelque impatience le retour du prince ; mais le second jour après son départ, comme elle ramenait son troupeau, elle se laissa tomber si malheureusement dans un buisson, qu'elle se déchira tout le visage. Elle se regarda bien vite dans un ruisseau, et elle se fit peur, car le sang lui coulait de tous les côtés. Ne suis-je pas bien malheureuse, dit-elle à la bergère en rentrant dans la maison ; Ingénu viendra demain matin, et il ne m'aimera plus, tant il me trouvera horrible. La bergère lui dit en souriant : Puisque le bon Dieu a permis que vous soyez tombés sans doute que c'est pour votre bien ; car vous savez qu'il vous aime, et qu'il sait mieux que vous ce qui vous est bon. Aurore reconnut sa faute, car c'en est une de murmurer contre la Providence, et elle dit en elle-même : Si le prince Ingénu ne veut plus m'épouser parce que je ne suis plus belle, apparemment que j'aurais été malheureuse avec lui. Cependant la bergère lui lava le visage, et lui arracha quelques épines qui étaient enfoncées dedans. Le lendemain matin, Aurore était effroyable, car son visage était horriblement enflé, et on ne lui voyait pas les yeux. Sur les dix heures du matin, on entendit un carrosse s'arrêter devant la porte ; mais, au lieu d'Ingénu, on en vit descendre le roi Fourbin ; un des courtisans qui étaient à la chasse avec le prince, avait dit au roi que son frère avait rencontré la plus belle fille du monde, et qu'il voulait l'épouser. Vous êtes bien hardi de vouloir vous marier sans ma permission, dit Fourbin à son frère ; pour vous punir, je veux épouser cette fille si elle est aussi belle qu'on le dit. Fourbin, en entrant chez la bergère, lui demanda où était sa fille. La voici, répondit la bergère en montrant Aurore. Quoi ! ce monstre-là, dit le roi ; et n'avez vous point une autre fille à laquelle mon frère a donné sa bague ? La voici à mon doigt, répondit Aurore. A ces mots, le roi fit un grand éclat de rire, et dit : Je ne croyais pas mon frère de si mauvais goût, mais je suis charmé de pouvoir le punir. En même temps il commanda à la bergère de mettre un voile sur la tête d'Aurore,

et ayant envoyé chercher le prince Ingénu, il lui dit :
Mon frère, puisque vous aimez la belle Anrore, je
veux que vous l'épousiez tout à l'heure. Et moi, je
ne veux tromper personne, dit Aurore en arrachant
son voile ; regardez mon visage, Ingénu ; je suis
devenue bien horrible depuis trois jours ; voulez-
vous encore m'épouser? Vous paraissez plus aimable
que jamais à mes yeux, dit le prince, car je reconnais
que vous êtes plus vertueuse encore que je ne croyais.
En même temps il lui donna la main ; Fourbin riait
de tout son cœur. Il commanda donc qu'ils fussent
mariés sur-le-champ, mais ensuite il dit à Ingénu :
Comme je n'aime pas les monstres, vous pouvez demeurer avec votre femme dans cette cabane, je vous
défens de l'amener à la cour : en même temps il re-
monta dans son carrosse, et laissa Ingénu transporté de joie. Hé bien, dit la bergère à Aurore,
croyez-vous encore être malheureuse d'être tombée?
Sans cet accident, le roi serait devenu amoureux
de vous, et si vous n'aviez pas voulu l'épouser, il eût
fait mourir Ingénu. Vous avez raison, ma mère, reprit Aurore, mais pourtant je suis devenue laide à
faire peur, et je crains que le prince n'ait du regret
de m'avoir épousée. Non, je vous assure, reprit Ingénu, on s'accoutume au visage d'une laide, mais on ne
peut s'accoutumer à un mauvais caractère. Je suis
charmée de vos sentimens, dit la bergère, mais
Aurore sera encore belle, j'ai une eau qui guérira
son visage. Effectivement, au bout de trois jours, le
visage d'Aurore devint comme auparavant, mais le
prince la pria de porter toujours son voile, car il avait
peur que son méchant frère ne l'enlevat, s'il la voyait.
Cependant Fourbin, qui voulait se marier, fit partir
plusieurs peintres pour lui apporter les portraits des
plus belles filles. Il fut enchanté de celui d'Aimée, sœur
d'Aurore, et l'ayant fait venir à sa cour, il l'épousa.
Aurore eut beaucoup d'inquiétude, quand elle sut
que sa sœur était reine, elle n'osait plus sortir, car
elle savait combien sa sœur était méchante, et
combien elle la haïssait. Au bout d'un an, Aurore
eut un fils qu'on nomma *Beaujour*, et qu'elle aimait
uniquement. Ce petit prince, lorsqu'il commença à

parler, montra tant d'esprit, qu'il faisait tout le plaisir de ses parens. Un jour qu'il était devant la porte avec sa mère, elle s'endormit, et quand elle se réveilla, elle ne trouva plus son fils. Elle jeta de grands cris, et courut par toute la forêt pour le chercher. La bergère avait beau la faire souvenir qu'il n'arrive rien que pour notre bien, elle eut toutes les peines du monde à la consoler; mais le lendemain, elle fut contrainte d'avouer que la bergère avait raison. Fourbin et sa femme, enragés de n'avoir point d'enfans, envoyèrent des soldats pour tuer leur neveu; et, voyant qu'on ne pouvait le trouver, ils mirent Ingénu, sa femme et sa bergère dans une barque, et les firent exposer sur la mer, afin qu'on n'entendit jamais parler d'eux. Pour cette fois, Aurore crut qu'elle devait se croire fort malheureuse; mais la bergère lui répétait toujours que Dieu faisait tout pour le mieux. Comme il faisait un très-beau temps, la barque vogua tranquillement pendant trois jours, et aborda à une ville qui était sur le bord de la mer. Le roi de cette ville avait une grande guerre, et les ennemis l'assiégèrent le lendemain. Ingénu, qui avait du courage, demanda quelques troupes au roi; il fit plusieurs sorties, et eut le bonheur de tuer l'ennemi qui assiégeait la ville. Les soldats, ayant perdu leur commandant, s'enfuirent, et le roi qui était assiégé, n'ayant point d'enfans, adopta Ingénu pour son fils, afin de lui marquer sa reconnaissance. Quatre ans après, on apprit que Fourbin était mort de chagrin d'avoir épousé une méchante femme. Le peuple qui la haïssait la chassa honteusement, et envoya des ambassadeurs à Ingénu, pour lui offrir la couronne. Il s'embarqua avec sa femme et la bergère; mais une grande tempête étant survenue ils firent naufrage et se trouvèrent dans une île déserte. Aurore, devenue sage par tout ce qui lui était arrivé, ne s'affligea point, et pensa que c'était pour leur bien que Dieu avait permis ce naufrage: ils mirent un grand bâton sur le rivage, et le tablier blanc de la bergère au bout de ce bâton, afin d'avertir les vaisseaux qui passeraient par-là de venir à leur secours. Sur le soir, ils virent venir une femme qui portait un petit enfant, et Aurore ne l'eut pas plutôt regardé, qu'elle reconnut son fils Beaujour. Elle demanda à cette femme où elle avait pris cet enfant; celle-ci lui répondit que son mari, qui était un corsaire, l'avait enlevé, mais qu'ayant fait naufrage proche de cette île, elle s'était sauvée avec l'enfant qu'elle tenait alors dans ses bras. Deux jours après, les vaisseaux qui cherchaient les corps d'Ingénu et d'Aurore, qu'on croyait péris, virent ce linge blanc, et, étant venus dans l'île, ils menèrent leur roi et sa famille dans leur royaume ; et quelque accident qu'il arrivât à Aurore, elle ne murmura jamais ; parce qu'elle savait par son expérience que les choses qui nous paraissent des malheurs sont souvent la cause de notre félicité.

LADI SPIRITUELLE.

Je vous assure, ma Bonne, que je me suis impatientée de tous les malheurs d'Aurore ; je ne pouvais me persuader que cela fût pour son bien.

LADI CHARLOTTE.

Et moi, je connais la raison qui me fait trouver la journée si longue ; c'est que je suis une paresseuse qui n'aime pas à travailler.

MADEMOISELLE BONNE.

Vous avez raison, ma chère ; la journée n'est longue que pour les paresseuses. Si vous voulez ne vous ennuyer jamais, il faut avoir un papier comme Aurore, où toutes les heures du jour seront employées utilement : si vous voulez, mesdames, je vous donnerai à chacune un petit réglement, qui fera paraître les jours fort courts.

LADI SPIRITUELLE.

De tout mon cœur, ma Bonne.

TOUTES ENSEMBLE.

Nous le voulons aussi.

MADEMOISELLE BONNE.

Nous y travaillerons en prenant le thé. En attendant, ladi Mary nous dira son histoire.

LADI MARY

Les enfans de Jacob, qu'on nommait *Israélites*, eurent une grande quantité d'enfans, et cela fit un grand peuple. Long-temps après, un autre roi, nommé aussi *Pharaon*, monta sur le trône, et Joseph était mort avant que ce roi fut né. Ce méchant prince voulut faire périr les Israélites, et il les forçait de travailler à lui bâtir des villes; mais plus ils travaillaient, plus ils se portaient bien, et plus ils avaient d'enfans. Pharaon, qui voulait les détruire, commanda qu'on jeta dans le Nil tous les enfans mâles des Israélites. Un homme de la tribu de Lévi eut un petit garçon qui était très-beau, et sa mère le cacha pendant trois mois; mais comme elle avait peur qu'on ne découvrît cet enfant, elle fit un petit panier, et ayant mis son fils dedans, elle le porta sur le Nil; et laissa sa fille Marie pour voir ce qu'il deviendrait. La fille de Pharaon vint dans ce temps pour se baigner, et, ayant vu cette corbeille, elle commanda à une de ses servantes de la prendre. Quand elle vit ce bel enfant dans la corbeille, elle en eut pitié, et dit : Je veux le sauver. Marie qui entendit cela lui dit : Madame, si vous voulez, j'irai vous chercher une nourrice. Alors Marie fut chercher sa mère; et la princesse ayant nommé cet enfant *Moïse*, le donna à nourrir à sa propre mère, qu'elle ne connaissait pas.

MADEMOISELLE BONNE.

Continuez, ladi Charlotte.

LADI CHARLOTTE.

Quand Moïse fut grand, la fille de Pharaon le prit pour son fils : il était un grand seigneur; mais les richesses et les plaisirs de la cour ne lui firent point oublier les Israélites ses frères. Un jour il en vit un qui était maltraité par un Egyptien, et Moïse tua cet Egyptien qui voulait tuer cet Israélite : il le cacha dans du sable, et croyait fermement que personne ne l'avait vu. Le lendemain il trouva deux Israélites qui se querellaient, il leur dit : Pourquoi vous querellez-vous? Vous êtes frères, il faut vivre en paix. Un de ces Israélites lui dit : De quoi vous mêlez-vous? voulez-vous aussi me tuer, comme vous avez tué hier cet Egyptien? Moïse, qui croyait que personne ne savait qu'il avait tué cet homme, fut fort effrayé, et ayant appris que le roi le voulait faire mourir, il s'enfuit dans un autre pays. Quand il eut beaucoup marché, il s'assit près d'un puits pour se reposer, et il vint là sept filles qui étaient sœurs, et leur père se nommait *Jéthro.* Ces filles ayant tiré de l'eau pour faire boire leurs troupeaux, il vint des bergers qui voulaient les chasser : mais Moïse défendit ces filles, et quand elles furent retournées chez leur père, elles lui racontèrent ce qui s'était passé....... Jéthro leur dit : Pourquoi n'avez-vous pas prié cet honnête homme d'entrer, pour manger un morceau avec vous? Jéthro fit donc venir Moïse, et par la suite il lui donna en mariage une de ses filles, qui se nommait *Séphora.*

MADEMOISELLE BONNE.

Continuez, miss Molly.

MISS MOLLY.

Moïse gardait un jour les troupeaux de son beau père Jéthro, et il vint jusqu'à la montagne d'Horeb. Pendant qu'il gardait ce troupeau, il vit un buisson tout en feu, mais pourtant ce buisson ne brûlait pas. Moïse s'approcha pour admirer cette merveille ; alors il entendit une voix qui lui dit : Otez vos souliers, car ce lieu est saint. Alors Moïse se prosterna la face contre terre, et la voix lui dit : Je suis le Dieu d'Abraham, d'Isaac et de Jacob; j'ai entendu le cri de mon peuple qui est en Egypte, car les Israélites sont mon peuple ; c'est pourquoi je te commande d'aller vers eux pour les délivrer, et tu leur diras que tu viens de ma part. Seigneur, dit Moïse, je ne sai pas votre nom, comment pourrais-je le leur dire ? *Je suis celui qui est*, répondit la voix ; va-t-en trouver Pharaon, et tu lui demanderas la permission de mener mon peuple dans le désert, pour sacrifier pendant trois jours. Seigneur, reprit Moïse, Pharaon ne voudra pas me croire, et il me fera mourir. Je serai avec toi, reprit la voix, et je te donnerai le pouvoir de faire des miracles. Jette à terre la petite baguette que tu as dans la main : Moïse obéit, et cette baguette ouverge fut d'abord changée en serpent. Moïse eut peur et s'enfuit, mais la voix lui dit : Prends ce serpent par la queue, et aussitôt il reviendra baguette. Cela arriva comme la voix l'avait dit, et pourtant Moïse n'était pas encore rassuré. La voix lui commanda de mettre sa main dans son sein ; et aussitôt elle fut couverte de lèpre ; et puis ayant mis une autre fois cette main lépreuse dans son sein, elle fut guérie. Quoique Moïse connut par ces miracles que c'était Dieu qui lui parlait, il avait bien de la peine à se résoudre d'aller trouver Pharaon, et lui dit : Seigneur, vous savez bien que je n'ai pas la langue fort libre : j'ai eu toute ma vie beaucoup de peine à prononcer, et depuis que je vous ai parlé, j'ai beaucoup plus de peine qu'auparavant. La voix lui répondit : Qui a fait la bouche du muet et de celui qui parle ? n'est-ce pas moi ? Va-t-en, je serai dans ta bouche, et puis j'enverrai au-devant de toi ton frère Aaron, qui parle aisément, qui sera ton interprète : Moïse quitta donc cette montagne, et retourna en Égypte ; et comme il était en chemin, Aaron vint au-devant de lui, comme Dieu le lui avait promis.

LADI CHARLOTTE.

Mon Dieu, ma Bonne, que cette histoire de la Sainte Écriture est belle ! Je passerais les jours et les nuits à l'entendre.

MISS MOLLY.

Je vous prie, ma Bonne, Dites-moi ce que cela veut dire : *Je suis celui qui est.*

MADEMOISELLE BONNE.

Cela veut dire : Je suis Dieu par moi-même, et sans le secours de personne. J'ai toujours été. Je serai toujours. Tout ce qui est sur la terre n'est rien en comparaison de moi. Les rois, les empereurs, les conquérans, les riches, les nobles, tout cela n'est rien devant moi tout cela ne subsiste que par ma volonté ; le monde entier est moins devant moi, qu'un grain de poussière ; je pourrais le détruire dans un instant. Je suis seul, je suis tout ce qu'il y a de bon, de grand, de sage, de puissant, d'aimable, de juste.

LADI SPIRITUELLE.

Mais, ma Bonne, vous dites qu'il n'y a que Dieu qui est. Il me semble pourtant que je suis aussi quelque chose; la terre, le soleil, les hommes sont quelque chose aussi, on ne peut donc pas dire qu'il n'y a que Dieu qui soit quelque chose.

MADEMOISELLE BONNE.

Pardonnez - moi, ma chère; vous êtes quelque chose, cela est vrai; vous avez l'être; mais cet être que vous avez, Dieu vous l'a prêté, il lui appartient, il peut vous l'ôter dans un moment. Si je vous prêtais ma robe, vous ne pourriez pas dire que cette robe fût à vous; hé bien, votre corps, votre âme, votre esprit, vos parens, vos richesses, en un mot, tout ce que vous avez est à Dieu; il vous l'a prêté. Il n'y a que Dieu à qui on n'a jamais rien donné, ni prêté, parce que rien n'était avant lui, et que tout ce qui existe vient de lui. Il est donc le maître de tout ce qu'il a, de tout ce qu'il donne, c'est-à-dire, de tout ce qui existe. Voyez, mes enfans, combien il mérite de reconnaissance et d'amour. Nous aimons ceux qui nous font du bien : or Dieu nous a donné tout ce que nous avons; il est notre père, notre maître, notre bienfaiteur, il nous aime comme ses enfans; nous serions donc bien méchantes, si nous refusions de l'aimer et de lui obéir.

LADI SENSÈE.

Pour moi, ma Bonne, quand je lis les histoires que ces dames viennent de répéter, je ne puis m'empêcher de frémir de respect.

MADEMOISELLE BONNE.

Vous avez raison, ma chère. Nous sommes si petits devant Dieu, que nous ne pouvons être assez pénétrés de respect en sa présence. Dieu est partout, mes bons enfans, mais il est d'une manière particulière dans les temples et dans les lieux où l'on prie. C'est donc un grand péché de lui manquer de respect dans ces lieux, d'y parler, d'y rire, d'y tourner la tête. C'est donc un péché quand on fait ses prières sans attention. Que diriez-vous, mesdames, si une pauvre

7.

femme demandait   permission de parler au roi , et si,
lorsqu'elle serait dans sa chambre, pour lui demander
une grâce, elle lui tournait le dos, et s'amusait à rire
et à parler avec ses domestiques ?

LADI MARY.

Je dirais qu'elle serait folle, et que je suis folle aussi
quelquefois ; car , pendant que je suis à genoux pour
parler au bon Dieu, je tourne la tête, et je ne pense
pas à ce que je dis; mais je veux me corriger, et
avant ma prière , je prendrai un petit moment pour
penser que je vais parler à Dieu.

MADEMOISELLE BONNE.

Je vous assure, si vous faites cela , que vous n'aurez pas envie de tourner la tête. C'est une excellente
habitude de penser souvent à la présence de Dieu.
On ne devient méchante que parce qu'on l'oublie. Si,
avant de mentir , de se mettre en colère, d'être
gourmande, on pensait : je vais commettre ces fautes
devant Dieu, il me regarde, il hait les méchans, il
peut les punir et peut-être va-t-il me punir tout à
l'heure; si , dis-je, on pensait à cela , on ne serait pas
assez téméraire pour faire ces fautes. Adieu , mesdames , je.....

MISS MOLLY.

Ma Bonne, avant de vous en aller , expliquez-moi ,
je vous prie, un mot que je n'entends pas. On nous dit
que le père de Moïse était de la tribu de Lévi ; qu'est-
ce qu'une *tribu* ?

MADEMOISELLE BONNE.

Tribu veut dire *famille*. Vous savez, mes enfans,
que Jacob avait douze fils ; cela faisait douze familles,
qu'on appela *tribus*. Je vais vous les nommer : Ruben,
Siméon , Lévi, Juda, Issacar, Zabulon, Dan, Gad,
Aser , Nephtali , Joseph , Benjamin. C'était donc là
les douze tribus d'Israël , c'est-à-dire , les douze
familles sorties de Jacob. Mais comme Jacob adopta
deux des fils de Joseph , qui s'appelaient Manassé et
Ephraïm , cela fit deux demi-tribus ou familles, pour
représenter la tribu de Joseph. Voilà ce que vous

vouliez savoir, ladi Mary. Mais quand vous m'avez interrompue, j'allais vous dire que nous irons dîner à la campagne après demain, et que si vous voulez venir le matin, nous irons toutes ensemble demander permission à vos mamans, et vous me ferez savoir demain si nous vous attendrons.

ᴏᴏ

13ᵉ DIALOGUE.

ONZIEME JOURNÉE.

MADEMOISELLE BONNE.

Pendant le chemin, mesdames, je vais vous raconter un joli conte que j'ai lu quelque part.

CONTE DES TROIS SOUHAITS.

Il y avait une fois un homme qui n'était pas fort riche; il se maria, et épousa une jolie femme. Un soir, en hiver, qu'ils étaient auprès de leur feu, ils s'entretenaient du bonheur de leurs voisins, qui étaient plus riches qu'eux. Oh ! si j'étais la maîtresse d'avoir tout ce que je souhaiterais, dit la femme, je serais bientôt plus heureuse que tous ces gens-là. Et moi aussi, dit le mari, je voudrais être au temps des fées, et qu'il s'en trouvât une assez bonne pour m'accorder tout ce que je désirerais. Au même instant, ils virent dans leur chambre une très-belle dame, qui leur dit : Je suis une fée, je vous promets de vous accorder les trois premières choses que vous souhaiterez : mais prenez-y garde, après avoir souhaité trois choses, je ne vous accorderai plus rien. La fée ayant disparu, cet homme et cette femme furent très-embarrassés. Pour moi, dit la femme, si je suis la maîtresse, je sais bien ce que je souhaiterai : je ne souhaite pas encore; mais il me semble qu'il n'y a rien de si bon que d'être belle, riche et de qualité. Mais, répondit le mari, avec ces choses on peut peut-être malade, chagrin; on peut mourir

jeune : il serait plus sage de souhaiter de la santé,
le la joie et une longue vie. Et à quoi servirait une
longue vie, si l'on était pauvre? dit la femme; cela
ne servirait qu'à être malheureux plus long-temps.
En vérité, la fée aurait dû nous promettre de nous
accorder une douzaine de dons, car il y a au moins
une douzaine de choses dont j'aurais besoin. Cela est
vrai, dit le mari, mais prenons du temps. Examinons
d'ici à demain matin les trois choses qui nous sont le
plus nécessaires, et nous les demanderons ensuite.
J'y veux penser toute la nuit, dit la femme; en attendant, chauffons-nous, car il fait froid. En même
temps, la femme prit les pincettes, et raccommoda le
feu : et comme elle vit qu'il y avait beaucoup de char-
bons bien allumés, elle dit sans y penser, voilà un
bon feu, je voudrais avoir une aune de boudin pour
notre souper, nous pourrions le faire cuire bien aisément. A peine eut-elle achevé ces paroles, qu'il tomba
une aune de boudin par la cheminée. Peste soit de la
gourmande avec son boudin ! dit le mari ; ne voilà-
t-il pas un beau souhait! nous n'en avons plus que deux
à faire ; pour moi, je suis si en colère, que je voudrais
que tu eusses le boudin au bout du nez. Dans le moment, l'homme s'aperçut qu'il était encore plus fou
que la femme; car, par ce second souhait, le boudin
sauta au bout du nez de cette pauvre femme qui ne
put jamais l'arracher. Que je suis malheureuse !
s'écria-t-elle; tu es un méchant, d'avoir souhaité ce
boudin au bout de mon nez. Je te jure, ma chère
femme, que je n'y pensais pas, répondit le mari;
mais que ferons-nous? Je vais souhaiter de grandes
richesses, et je te ferai faire un étui d'or pour cacher
ce boudin. Gardez-vous en bien, reprit la femme, car
je me tuerais s'il fallait vivre avec ce boudin à mon
nez : croyez-moi, il nous reste un souhait à faire,
laissez-le moi, ou je vais me jeter par la fenêtre. En
disant ces paroles, elle courut ouvrir la fenêtre; et son
mari, qui l'aimait, lui cria : Arrête, ma chère femme!
je te donne la permission de souhaiter tout ce que tu
voudras. Hé bien, dit la femme, je souhaite que le
boudin tombe à terre. Dans le moment le boudin
tomba, et la femme, qui avait de l'esprit, dit à son

mari : La fée s'est moquée de nous , et elle a eu raison.. Peut-être aurions-nous été plus malheureux étant
riches, que nous le sommes à présent. Crois-moi,
mon ami, ne souhaitons rien , et prenons les choses
comme il plaira à Dieu de nous les envoyer ; en attendant, soupons avec notre boudin , puisqu'il ne nous
reste que cela de nos souhaits. Le mari pensa que sa
femme avait raison : ils soupèrent gaiement, et ne s'em-
barrassèrent plus des choses qu'ils avaient eu dessein
de souhaiter.

LADI SENSÉE.

Cette femme souhaitait une douzaine de dons ;
mais avec tout cela elle aurait pu être encore plus
malheureuse. Par exemple , si elle eût souhaité un
bon dîner, il aurait fallu avoir aussi un bon appétit
pour le manger ; et puis de la modération pour
n'en point manger trop, afin de n'être pas malade:
voilà trois souhaits pour un dîner.

LADI MARY.

Si j'avais la liberté de souhaiter quelque chose, je
souhaiterais d'être tout d'un coup la plus savante du
monde.

MADEMOISELLE BONNE.

Mais, ma chère, cela ne serait pas assez : il faudrait
souhaiter encore de faire un bon usage de votre science;
car sans cela , elle pourrait servir à vous rendre plus
sotte, plus orgueilleuse et plus méchante.

LADI CHARLOTTE.

Et moi je souhaiterais de devenir la meilleure de
toutes les filles ; car j'ai beaucoup de peine à n'être
plus méchante.

MADEMOISELLE BONNE.

Il n'y a rien à dire à ce souhait, il est parfaitement
bon. Mais, ma chère, il y a encore un avantage que
vous ne connaissez pas. Je suppose que vous souhaitiez
d'être belle, d'être riche, ou quelque autre avantage ;
vous aurez beau souhaiter toute votre vie, vous ne
serez jamais ni plus riche, ni plus belle. Les souhaits

que nous faisons ne nous avancent à rien. Mais sitôt
qu'on souhaite véritablement d'être bonne et vertueuse,
on commence à le devenir. Remarquez, mes enfans,
ces paroles : *Quand on souhaite véritablement*, c'est-à-
dire, quand on travaille à le devenir, et qu'on prend
toute la peine nécessaire pour cela; car il n'y a personne,
même parmi les plus méchantes, qui ne souhaitât de
devenir vertueuse tout d'un coup, pourvu que cela
ne donnât aucune peine ; mais si l'on souhaite véritablement de devenir bonne, on en prend les moyens. Dites-moi, ladi Charlotte, n'est-il pas vrai que vous
souhaiteriez d'être bonne tout d'un coup, pour être
débarrassée de la peine de corriger vos défauts ?

LADI CHARLOTTE.

Tout justement, ma Bonne; je crois que vous
devinez. Quand je pense à la peine que j'aurai à devenir
douce , cela m'effraie. Je vous assure que je prends
beaucoup de peine ; et malgré cela , à tous momens je fais des fautes ; j'ai peur de ne me corriger
jamais.

MADEMOISELLE BONNE.

C'est la paresse qui vous donne cette peur, ma bonne
amie. Retenez bien qu'on se corrige toujours quand
on répare ses fautes. Si vous vouliez aller d'ici à Ken-
ington , et que vous tombassiez à chaque pas, vous
eriez sans doute bien long-temps à faire ce chemin;
mais enfin vous y arriveriez pourvu que vous eussiez
soin de vous relever. Si au contraire vous disiez : Je
tombe trop souvent , et cela me donne trop de peine
de me relever, ainsi je veux rester à terre ; certaine-
ment vous n'arriveriez jamais. Il en est ainsi du voyage
que nous faisons pour acquérir la vertu; nous ar-
riverons un jour, pourvu que nous ne restions pas à
terre par paresse.

LADI SPIRITUELLE.

Je ne croyais pas être paresseuse , ma Bonne
j'aime à travailler, à apprendre par cœur ; et je sais
une grande leçon de géographie.

MADEMOISELLE BONNE.

On peut être paresseuse, quoiqu'on aime à travailler et à apprendre, mais d'une paresse d'esprit qui est bien dangereuse, car elle ôte le courage. Voyons donc cette leçon de géographie que vous avez apprise.

LADI CHARLOTTE.

J'ai appris à connaître toutes les montagnes de l'Europe, les principales rivières, les presqu'îles et les isthmes.

MADEMOISELLE BONNE.

Vous nous parlerez des montagnes et des presqu'îles; pour les rivières, nous les apprendrons en parlant des pays où elles coulent.

LADI CHARLOTTE.

On trouve dans la Grande-Bretagne, entre l'Angleterre et l'Ecosse, le mont Cheviot : les montagnes Dophrines sont entre la Norwége et la Suède : les montagnes des Pyrénées sont entre la France et l'Espagne ; les Alpes entre la France, la Savoie et l'Italie; les Apennins traversent l'Italie; et dans la Hongrie, on trouve les monts Crapacks.

Il y a dans l'Europe deux presqu'îles qui ont des isthmes. L'une est la Morée, au sud de l'Europe, dans la Turquie Européenne ; elle est jointe à la terre ferme par l'histhme de Corinthe. L'autre est la Crimée, au nord de la mer Noire, et elle est jointe à la terre ferme par l'isthme de Précops. On dit que le Jutland, qui est au roi du Danemarck, est aussi une presqu'île.

MADEMOISELLE BONNE.

Courage, ma chère, vous deviendrez bientôt une habile géographe : voyons présentement si ces dames savent leur histoire. Commencez, ladi Mary.

LADI MARY.

Moïse et Aaron vinrent trouver Pharaon, et lui dirent : Le Dieu éternel te commande de laisser aller son peuple dans le désert, afin qu'il lui offre un sacrifice. Pharaon répondit : Je ne connais pas le

Dieu éternel. Ce méchant roi envoya chercher ceux
qui faisaient travailler les Israélites, et leur dit : Aug-
mentez le travail de ce peuple ; c'est parce qu'il ne
travaille pas assez, qu'il a le temps de souhaiter d'aller
au désert. On donna donc aux Israélites plus de travail
qu'ils n'en pouvaient faire, et on les battait quand ils
n'avaient pas fait leurs ouvrages. Les Israélites voyant
qu'ils étaient plus malheureux qu'auparavant, dirent
à Moïse : Vous êtes cause de notre malheur; pourquoi avez-vous dit à Pharaon de nous laisser aller
dans le désert ? Alors Moïse dit au Seigneur : Vous
voyez que mes frères sont en colère contre moi. Le
Seigneur lui répondit : Je suis le Dieu d'Abraham,
d'Isaac et de Jacob. Je donnerai aux Israélites la terre
de Chanaan, qui est le meilleur pays du monde, retournez à Pharaon, et Aaron fera des prodiges en sa
présence. Moïse et Aaron furent encore trouver le
roi ; et Aaron ayant jeté sa verge contre terre, elle
fut changée en dragon. Les magiciens de Pharaon
changèrent aussi leurs baguettes en dragons; mais le
dragon d'Aaron mangea les dragons des magiciens.
En suite Aaron frappa de sa baguette les eaux du
fleuve, et elles furent changées en sang ; ces eaux
étaient puantes, et firent mourir tous les poissons ;
mais comme les magiciens changeaient aussi les eaux
en sang, Pharaon ne voulut point laisser aller les
Israélites.

MADEMOISELLE BONNE.

Continuez, miss Molly.

MISS MOLLY.

Dieu commanda ensuite à Aaron d'étendre sa verge,
et il vint dans l'Egypte une grande quantité de grenouilles : elles montaient dans les maisons, dans les
lits, dans les fours et jusques dans la chambre du roi.
Alors Pharaon dit à Moïse : Prie ton Dieu qu'il fasse
mourir ces grenouilles, et je laisserai aller les Israélites
Moïse pria Dieu, et les grenouilles moururent; mais
après qu'elles furent mortes, Pharaon ne voulut plus
tenir sa promesse. Alors Dieu envoya une grande
quantité de poux dans l'Egypte, puis dans les bêtes, en

suite une grosse grêle qui tuait les hommes et les animaux ; il envoya aussi des plaies sur tous les hommes, et à midi on ne voyait pas clair, parce que la terre était couverte d'un affreux brouillard ; il n'y avait que dans le pays des Israélites où tous ces malheurs n'arrivaient pas : mais pour cela, Pharaon ne voulut pas laisser aller les Israélites. Alors Dieu dit à Moïse : Que chaque famille des Israélites prenne un agneau ou un chevreau ; ils le tueront le quatorzième jour de ce mois, et ils frotteront avec son sang toutes leurs portes. On doit faire rôtir cet agneau ou ce chevreau, et le manger avec du pain sans levain et des laitues amères; il faudra tout manger, et s'il en reste quelque chose, il faut qu'il soit brûlé. Vous mangerez ce souper debout, à la hâte, ayant des habits de voyageurs, car je vais vous tirer d'Egypte, et tous les ans vous célébrerez cette délivrance pendant sept jours, en mangeant du pain sans levain.

MADEMOISELLE BONNE.

Continuez, ladi Charlotte.

LADI CHARLOTTE.

Les Israélites ayant appris la volonté du Seigneur par la bouche de Moïse et d'Aaron, firent tout ce qui leur était ordonné. Sur le minuit, Dieu envoya son ange qui tua les fils aînés des Egyptiens, depuis le fils du roi jusqu'à celui des esclaves ; mais il ne mourut personne dans les maisons dont les portes étaient arrosées du sang de l'agneau. Alors Pharaon et le peuple firent de grands cris, et dirent aux Israélites : Allez-vous-en au plus tôt, et priez Dieu pour nous. Quand les Israélites sortirent de l'Egypte, ils étaient six cent mille hommes, sans compter les femmes et les enfans. Dieu leur recommanda de ne jamais manquer à manger cet agneau tous les ans, pour célébrer leur délivrance ; mais il leur défendit de casser un seul de ses os, et d'en donner à ceux qui ne seraient point circoncis.

LADI SPIRITUELLE.

Je vous prie, ma Bonne, dites-moi ce que c'est que la circoncision.

MADEMOISELLE BONNE.

C'était une cérémonie que Dieu avait ordonnée pour les enfans des Israélites, et qui était la marque qui les distinguait des autres nations, ainsi quand un étranger voulait se faire Israélite ou Juif, car c'est la même chose, il faisait cette cérémonie.

LADI CHARLOTTE.

Qu'est-ce qu'une cérémonie ?

MADEMOISELLE BONNE.

Il y en a de plusieurs sortes, mes enfans. Par exemple, il fallait manger l'agneau pascal, debout, en habit de voyageur, avec des laitues amères et un bâton à la main ; ce bâton, ces laitues, cet habit. c'étaient des cérémonies.

LADI SENSÉE.

Ma Bonne, il me souvient d'avoir lu dans la sainte Ecriture, que Dieu commanda aux Juifs de lui offrir les premiers-nés.

MADEMOISELLE BONNE.

J'allais le dire, ma chère ; non-seulement on les offrait, mais on les donnait au Seigneur. Les parens, après cela, étaient obligés de les racheter ; et ils donnaient, à la place de leurs enfans, un agneau ou deux tourterelles.

LADI SPIRITUELLE.

Ma Bonne, je suis l'aînée ; ainsi, si j'avais vécu dans ce temps-là, on m'aurait offerte au Seigneur.

MADEMOISSELLE BONNE.

Vous devez vous offrir vous-même, comme les prémices de la famille. Allons dîner, mesdames, et après le dîner nous irons nous promener dans le jardin.

14ᵉ DIALOGUE.

DOUZIÈME JOURNÉE

LADI CHARLOTTE.

Ma Bonne, je n'ai pas dormi de toute la nuit : on m'a donné une estampe; et l'on m'a dit qu'en me l'expliquant vous me raconteriez une jolie fable; je meurs d'envie de la savoir.

MADEMOISELLE BONNE.

Approchez, ladi Sensée et venez expliquer cette estampe.

ADI CHARLOTTE.

Mais, ma Bonne, vous lui cachez les noms, comment voulez-vous qu'elle les devine?

MADEMOISELLE BONNE.

Elle n'a pas besoin de lire les noms des personnages qui sont dans cette estampe pour les connaître : quand on sait bien l'histoire et la fable, on devine tous les tableaux, toutes les tapisseries et toutes les estampes; vous allez voir.

LADI SENSEE.

Ce vieillard et cette bonne femme, dont les habits sont si usés, c'est le mari et la femme; on les appelle Philémon et Baucis.

Ce grand homme qui a une oie entre les jambes, c'est Jupiter, que les païens appelaient le Dieu du ciel; et cet autre qui est à côté de lui, c'est son fils Mercure qui était l'ambassadeur des Dieux, et le protecteur des marchands et des voleurs.

LADI BABIOLE.

Mais, ma chère, comment avez-vous pu deviner cela?

LADI SENSEE.

J'aurais, je crois, reconnu ces deux vieilles gens ;
mais cette oie qui se sauve entre les jambes de Jupiter,
suffisait pour me faire connaître l'estampe ; si ma
Bonne veut me permettre, je vous raconterai cette
fable, et vous verrez après cela qu'il n'était pas difficile de la deviner.

MADEMOISELLE BONNE.

Je le veux bien, ma chère.

LADI SENSEE.

Jupiter et Mercure prirent un jour une figure hu-
maine, et furent voyager. Ils arrivèrent un soir dans
un grand village, et demandèrent à coucher par charité ; mais personne ne voulut les recevoir. Après
avoir frappé à toutes les portes, ils furent à une petite
cabane, couverte de paille et de feuilles d'arbres : le
maître de cette cabane était un pauvre vieillard, qui
vivait en paix avec Baucis, sa femme. Les dieux les
prièrent de leur laisser passer la nuit dans leur cabane, et ces bonnes vieilles gens y consentirent de bon
cœur. D'abord Philémon pria Baucis de faire chauffer
de l'eau pour laver les pieds de ces étrangers ; et la
bonne femme, pour allumer plus vite le feu, cassa
quelques branches de celles qui couvraient leur petite
maison : ensuite elle souffla le feu avec sa bouche, car
elle n'avait pas de soufflet. Lorsque l'eau fut chaude,
Philémon prit un plat de bois qui était attaché à la
muraille avec une cheville, et pendant qu'il lavait les
pieds de ces étrangers, Baucis lava la table et la frotta
avec de la menthe, pour lui donner une bonne odeur ;
ensuite elle mit un morceau de tuile sous un des pieds
de cette table, parce qu'il était un peu cassé. Il n'y
avait point de chaise dans cette pauvre maison, et il
fallait s'asseoir sur un banc : Baucis, pour le rendre
moins dur, mit dessus un vieux morceau de tapisserie,
dont elle couvrait son lit les jours de bonnes fêtes ; elle
courut aussi au jardin et apporta des prunes sur une
feuille de vigne, un peu de miel dans une moitié de
plat, car il était cassé, et un morceau de fromage.
Ils se mirent tous à table, et Philémon demanda par-

don aux étrangers de les recevoir si mal. Tout d'un coup, il se souvint qu'il avait une oie, et résolut de la tuer pour donner un meilleur souper à ses hôtes : il se leva donc avec sa femme pour attraper l'oie; mais cet animal se sauvait tantôt dans un coin, tantôt dans un autre : et les bonnes gens, à force d'avoir couru, étaient tout en sueur. A la fin, l'oie se refugia entre les jambes de Jupiter, et ce Dieu dit à Philémon et à Baucis : Je suis content de votre charité ; suivez-moi sur cette grande montagne. En même temps il parut environné de lumière, aussi bien que Mercure. Lorsqu'ils furent sur la montagne, Jupiter leur dit: Regardez derrière vous. Ils obéirent, et virent qu'il n'y avait plus de village; il n'y avait qu'une grande quantité d'eau; car Jupiter, pour punir la dureté des habitans de ce village, les avait tous noyés, en faisant venir un lac dans cet endroit mais; au milieu de ce lac, on voyait la petite cabane des vieilles gens qui avait été conservée. Comme ils étaient charitables, ils s'affligèrent du malheur de leurs voisins, quoique ces gens ne leur eussent jamais fait que du mal. Ensuite Jupiter leur dit : Demandez-moi une récompense, et je vous l'accorderai. Ces bonnes gens se consultèrent un moment ensemble ; après quoi Philémon dit à Jupiter : Puisque vous avez la bonté de vouloir nous récompenser, transportez notre petite maison sur cette montagne, changez-la en un temple où vous soyez adoré ; que je sois votre prêtre et Baucis votre prêtresse, et faites que nous y mourions ensemble le même jour, afin que je n'aie pas la douleur de pleurer ma chère Baucis, et qu'elle n'ait point de larmes à répandre pour son tendre Philémon. Jupiter accorda une demande si juste ; la maison fut changée en un temple, et les bonnes gens y vécurent en paix plusieurs années. Un jour qu'ils étaient assis devant la porte du temple, et qu'ils s'entretenaient de l'amour qu'ils devaient aux Dieux. Philémon voulut se lever, mais il s'aperçut, qu'il n'avait point de jambes, et qu'elles étaient changée en arbre. Baucis voulut aller pour le secourir; elle connut que le même changement était arrivé en elle. Elle dit donc adieu à son cher Philémon: il lui parla tant qu'il eut l'usage de la parole ; mais l'éco ce montant petit à petit, les enveioppa entièrement, et ils devinrent deux beaux arbres, qui restèrent toujours à la porte du temple.

Vous voyez bien, mesdames, qu'après avoir lu cette fable, il n'était pas difficile d'expliquer l'estampe.

LADI SPIRITUELLE.

Je vois aussi que ladi Sensée n'est jamais fière de ce qu'elle sait. Si j'en avais dit au tant, je serais toute glorieuse.

MADEMOISELLE BONNE.

Cela aurait pu vous arriver il y a deux mois; mais je vous crois corrigée, ma chère. Ladi Sensée a bien raison de ne pas être glorieuse d'avoir expliqué cette fable : cela prouve qu'elle a de la mémoire, mais cette mémoire, ce n'est pas elle qui se l'est donnée, 'est un présent de Dieu.

LADI SPIRITUELLE.

Je sais que sa mémoire est un présent de Dieu ; mais son application à profiter de sa mémoire mérite des louanges.

LADI SENSÉE, *embrassant ladi Spirituelle.*

Vous êtes bien bonne, ma chère amie, de penser si bien de moi.

MADEMOISELLE BONNE.

J'ai bien du plaisir à voir ladi Spirituelle si changée: autrefois, ma chère, vous auriez été chagrine et jalouse de la mémoire et de l'application de votre compagne ; aujourd'hui cela vous fait plaisir, vous en êtes contente; en corrigeant votre orgueil, vous avez chassé la ialousie et tous les chagrins qu'elle vous causait ; vous vous faites aimer de vos compagnes, qui souhaitent de vous voir souvent, parce qu'au lieu de chercher à les mortifier, vous n'êtes occupée qu'à leur dire des choses agréables. N'est-il pas vrai, ma chère, que votre cœur est mille fois plus content qu'il n'était autrefois ?

LADI SPIRITUELLE.

Cela est bien vrai, ma Bonne; mais je fais encore bien des fautes. Par exemple, je n'ai pas encore pardonné à milord....... qui a dit que j'étais une peste.

MADEMOISELLE BONNE.

Comment, ma chère ! c'est l'homme du monde auquel vous avez les plus grandes obligations. Rendez-vous justice ; milord avait raison : ce n'est pas par méchanceté qu'il disait cela; au contraire, il vous aime; il s'est fort bien aperçu de votre conversion et il disait, il y a trois jours, que si vous continuez comme vous avez commencé, vous serez la plus aimable femme de Londres.

LADI SPIRITUELLE.

Ma Bonne, est-ce une faute d'être bien contente de ce que milord.... a dit ?

MADEMOISELLE BONNE

Non, ma chère, nous devons chercher à plaire à tout le monde, pourvu que ce soit par nos vertus ; et rien n'est si mal que de dire : Je ne me soucie pas qu'on me méprise.

LADI CHARLOTTE.

J'ai dit cette sottise-là bien des fois : mais, ma Bonne, je ne le pensais pas : c'était par dépit et par rage que je disais cela, et pour donner du chagrin à ma gouvernante et à mes sœurs.

MADEMOISELLE BONNE.

Vous preniez là une belle vengeance ; c'est comme si vous mettiez le feu à une belle maison que vous auriez, pour brûler l'écurie de votre voisin qui serait à côté ; mais ne parlons plus de cela, puisque vous êtes corrigée. Nous allons à présent répéter nos histoires

LADI MARY.

Ma Bonne, je vous prie auparavant de m'expliquer deux mots que je n'entends pas. Qu'est-ce qu'un hôte ? Qu'est-ce qu'un lac

Ce mot *d'hôte* a deux significations. Quelquefois il veut dire une personne chez laquelle l'on loge et l'on mange. Ainsi, le maître d'une auberge s'appelle un hôte, et sa femme une hôtesse. Quelquefois aussi il veut dire des personnes qui viennent manger et coucher chez nous; comme dans la fable de Philémon et de Baucis; Jupiter et Mercure étaient leurs hôtes. Ladi Sensée va nous dire ce que c'est qu'un lac, et en même temps elle vous dira la différence qu'il y a entre les mers, les rivières, les fleuves et les lacs.

LADI SENSÉE.

Une mer; c'est une grande quantité d'eaux qui ne sortent point de leur place, et qui ne coulent point comme les rivières.

LADI MARY.

Est-ce que les rivières coulent ?

MADEMOISELLE BONNE.

Oui, ma chère, elles coulent ou marchent toujours; mettez-vous sur le pont de Westminster, vous verrez que l'eau ne se tient point tranquille, et qu'elle va toujours du côté du pont de Londres.

MISS MOLLY.

Dites-moi, je vous prie, d'où viennent les rivières?

MADEMOISELLE BONNE.

Elles sortent ordinairement des montagnes. La rivière coule sans cesse, jusqu'à ce qu'elle trouve une autre rivière où elle se perd; mais si elle ne rencontre point de rivière dans son chemin, et qu'elle aille jusqu'à la mer, alors on la nomme un fleuve. Un fleuve est donc une grande rivière, qui ordinairement porte son nom jusqu'à la mer.

LADI CHARLOTTE.

Je n'entends pas bien cela, ma Bonne.

MADEMOISELLE BONNE.

Vous le comprendrez en regardant une carte

Voyez-vous cette grande rivière qu'on appelle le Rhône : voilà plusieurs autres rivières qui viennent se perdre chez elle. En voilà surtout deux grandes, la Saône et l'Isère. Quand la Saône et l'Isère ont joint le Rhône, il n'y a plus de Saône et d'Isère, mais seulement le Rhône, qui court encore fort long-temps, et puis va se jeter dans la mer.

Quand le Rhône arrive à la mer, on le nomme encore le Rhône, c'est donc un fleuve, parce qu'il garde son nom jusqu'à la mer. Je dis que cela arrive ordinairement, mais pas toujours ; car le Rhin, qui coule à l'ouest de l'Allemagne, ne va pas jusqu'à la mer, mais il se perd dans le sable. Ladi Sensée, dites-nous ce que c'est qu'un lac, et combien il y a de grands lacs en Europe.

LADI SENSÉE.

Un lac est comme une petite mer, car ses eaux ne coulent pas. Il y en a deux dans la Moscovie, le lac Onéga et le lac Ladoga ; un au nord-est de la Suisse, qu'on appelle le lac de Constance, et un proche de Genève, qu'on appelle le lac de Genève : le fleuve du Rhône passe à travers ce dernier lac.

MADEMOISELLE BONNE

Cela finira notre leçon de géographie aujourd'hui ; ladi Mary, dites-nous votre histoire.

LADI MARY.

Lorsque Moïse et les Israélites entrèrent dans le désert, le Seigneur ordonna à son ange de les conduire. Le jour il marchait devant eux dans une nuée, et la nuit dans une colonne de feu qui les éclairait. Cependant Pharaon eut regret d'avoir laissé partir ce peuple qui travaillait pour lui, et ayant assemblé une grande armée il courut après lui. Quand les Israé-lites virent les Egyptiens, ils eurent une grande peur, et ils dirent à Moïse : Pourquoi nous avez-vous amenés dans ce désert pour y périr tout d'un coup ? Il fallait nous laisser dans l'Égypte ; aviez-vous peur qu'il y manquât de la terre pour nous mettre

après notre mort? Moïse les exhorta à mettre leur
confiance en Dieu, et il pria le Seigneur d'avoir pitié
le son peuple. En même temps, l'ange qui était devant les Israélites, passa derrière et se mit entre eux
et les Egyptiens. Du côté des Israélites, il faisait jour,
car la colonne de feu les éclairait : mais du côté des
Egyptiens, il n'y avait qu'une nuée : ainsi ils ne voyaient pas les Israélites; car cette nuée était comme
un grand brouillard. Alors Moïse, par ordre du Seigneur leva sa baguette sur la mer Rouge, et aussitôt
cette mer s'ouvrit en deux; en sorte que l'eau était
en l'air des deux côtés, comme deux murs, et qu'on
pouvait passer sans se mouiller au milieu de cette
mer : pendant toute la nuit les Israélites passèrent
et les Egyptiens crurent qu'ils pouvaient passer après
eux; mais quand ils furent dans la mer avec Pharaon
leur roi, les eaux qui étaient en l'air revinrent en
leur place, et tous les Egyptiens furent noyés sans
qu'il s'en sauvât un seul. Alors Moïse, Aaron et leur
sœur Marie, chantèrent avec le peuple un cantique
de louange au Seigneur, qui les avait sauvés de
leurs ennemis.

MADEMOISELLE BONNE.

Continuez, ladi Charlotte,

LADI CHARLOTTE.

Les Israélites arrivèrent dans un lieu où les eaux
étaient si amères, qu'il n'était pas possible d'en boire.
Ils recommencèrent à murmurer contre Moïse; mais
ce saint homme, sans se rebuter de leur ingratitude,
pria le Seigneur. Dieu lui commanda de jeter dans
ces eaux d'un certain bois, et en même temps elles
devinrent douces. Ensuite les Israélites entrèrent dans
un grand désert, où il n'y avait rien à manger, et
ils murmurèrent encore en disant : Pourquoi nous
as-tu tirés d'Egypte, où nous étions assis près des mar-
mites pleines de viandes ? C'est pour nous faire
mourir de faim que tu nous as menés dans ce désert.
Moïse pria le Seigneur, qui fit tomber sur la terre
une grande rosée; et sur cette rosée, de petits grains
comme de la grêle. Alors Moïse dit au peuple : Voici

le pain que Dieu vous envoie; qu'on en ramasse une
mesure pour chaque personne, mais il ne faut pas en
garder pour le lendemain. Le peuple, qui n'avait jamais rien vu comme ces petits grains, les appela *manne*;
et ils avaient le goût de beignets cuits dans le miel.
Chacun se dépêcha d'en ramasser : mais il y en eut
quelques-uns qui désobéirent à Moïse et qui en gar-
dèrent pour le lendemain : ils furent bien surpris
quand ils la voulurent manger le matin, car elle
sentait mauvais et était pleine de vers. Cependant
Moïse dit au peuple de la part de Dieu : Vous ramasserez chacun une mesure de manne pendant cinq
jours, mais le sixième jour, vous en ramasserez deux
mesures ; celle-là se conservera bonne et fraîche
pour le lendemain, car il n'en tombera pas le septième jour. Ce septième jour sera consacré au Seigneur; et il ne sera pas permis de travailler ce jour-là.
Les choses arrivèrent comme Moïse les avait prédites,
et la manne, qui se gâtait du jour au lendemain
pendant la semaine, se conserva bonne le jour du
Seigneur, et ce septième jour fut appelé Sabbat.
Moïse commanda aussi à Aaron de ramasser une mesure
de cette manne, et de la garder comme un témoi-
gnage du miracle que Dieu avait fait pour les Israélites,
qui en mangèrent pendant quarante ans, mais les
paresseux, qui n'aimaient pas à se lever matin, en
manquaient, car la manne se fondait au soleil ; ainsi
il fallait prévenir le lever du soleil pour en faire
provision.

MADEMOISELLE BONNE.

C'est votre tour, miss Molly.

MISS MOLLY.

Les Israélites, étant allés dans un autre endroit,
manquèrent d'eau ; et, oubliant tous les miracles que
Dieu avait faits pour eux; ils dirent à Moïse : Pourquoi
nous as-tu tirés de l'Egypte, et nous as-tu menés ici
pour mourir de soif avec nos familles et nos troupeaux ?
Moïse leur répondit : ce n'est pas contre moi que
vous murmurez, mais contre Dieu ; toutefois je vais le
prier qu'il vous donne de l'eau. Alors Moïse, par ordre

du Seigneur, frappa un rocher avec sa baguette, et il en sortit une grande quantité d'eau. Ensuite il y eut un roi nommé Amalec, qui vint avec une grande armée pour combattre les Israélites. Moïse commanda à Josué de choisir des soldats parmi le peuple, et d'aller combattre Amalec. Pendant la bataille, Moïse, Aaron et Hur montèrent sur la montagne, et Moïse levait les mains au ciel en priant le Seigneur; mais comme il avait les bras fatigués, il fut obligé de les baisser. Or les Israélites, qui avait été vainqueurs pendant que Moïse avaient les mains élevées; furent battus aussitôt qu'il les eut abaissées. Quand il vit cela, il s'assit sur une pierre, et Aaron et Hur lui tenaient chacun un bras, et les Amalécites, sujets d'Amalec, furent contraints de s'enfuir, et Dieu déclara une guerre éternelle aux Amalécites, et commanda à Moïse d'écrire toutes ces choses.

LADI SPIRITUELLE.

Ma Bonne, toutes ces histoires sont-elles bien vraies! Elles sont si surprenantes, qu'on a bien de la peine à les croire.

MADEMOISELLE BONNE.

Vous oubliez ma chère, que rien n'est impossible à Dieu.

LADI SPIRITUELLE.

Je le sais, ma Bonne. Mais n'est-il pas vrai que Moïse pourrait fort bien avoir écrit des choses qui ne eraient pas vraies? Je ne dis pas que cela soit faux; mais je vous prie seulement de me dire comment on peut s'assurer que cela est vrai.

MADEMOISELLE BONNE.

Je le ferai de tout mon cœur, ma chère : je suis bien aise de voir que vous écoutez comme une personne raisonnable, et que vous voulez des preuves; c'est le moyen de n'être jamais trompée. Nous savons que Dieu peut faire des miracles, et nous voulons savoir s'il a fait ceux que Moïse a écrits : n'est-ce pas cela que vous me demandez?

LADI SPIRITUELLE.

Oui, ma Bonne.

MADEMOISELLE BONNE.

Si Moïse avait écrit des mensonges, les Israélites, qui n'étaient pas complaisans, lui auraient donné un démenti, et lui auraient dit : Pourquoi dites-vous que nous avons passé la mer Rouge, que nous avons mangé de la manne qui tombait du ciel ? Pourquoi dites vous que cette manne ne pouvait se conserver du jour au lendemain pendant six jours, et qu'elle se conservait le septième ? Pourquoi dites-vous que vous avez fait sortir de l'eau d'un rocher ? Nous sommes trois cent mille hommes qui aurions vu ces choses, si elles étaient vraies. Allez, vous êtes un fourbe et un imposteur, vous ne méritez pas qu'on vous écoute.

Si on mettait sur les papiers-nouvelles qu'il a tombé une pluie de feu sur toute la ville de Londres, n'est-il pas vrai que vous diriez : L'homme qui a écrit ce papier est un impudent menteur, si cela était vrai, nous l'aurions vu. N'est-il pas vrai que dans les papiers qui paraîtront demain ou se moquerait de cet homme ?

LADI MARY.

Sans doute, ma Bonne.

MADEMOISELLE BONNE.

Mais si cet homme vous disait ensuite : Vous savez que c'est moi qui ai fait tomber ce feu ; ainsi je suis bien puissant, vous devez m'obéir ; que lui répondriez-vous ?

LADI MARY.

Je lui dirais : Vous êtes un extravagant ; au lieu de ous obéir, il faudrait vous envoyer à Bedlam avec s fous.

MADEMOISELLE BONNE.

Hé bien, ma chère, les Israélites, n'ont pas repondu cela à Moïse. Pourquoi ? C'est qu'ils avaient vu les miracles que Dieu avait faits et dont Moïse leur parlait.

LADI SENSEE.

Permettez-moi, ma Bonne, de faire aussi une réflexion. Si Moïse avait écrit une histoire faite à plaisir, il me semble qu'il n'aurait pas mis dans cette histoire ce qui lui arriva quand il vit tout ce buisson en feu qui ne brûlait point. Moïse ne montra pas beaucoup de courage alors, il s'excusa plusieurs fois, et répétait toujours qu'il avait de la peine à parler. Il me semble, s'il n'avait pas voulu écrire la vérité, qu'il eût dit : *D'abord que Dieu m'eût parlé, je n'eus pas de peur, et je dis : J'irai délivrer le peuple, et je ne crains point Pharaon.*

MADEMOISELLE BONNE.

Votre remarque est excellente, ma chère. Quand un homme écrit une histoire, et qu'il avoue les sottises qu'il a faites, on peut juger hardiment que cet homme dit la vérité ; car s'il était un menteur, il mentirait à son avantage, vous verrez par la suite qu'il continue d'avouer ses fautes.

LADI SPIRITUELLE.

J'ai pourtant entendu un gentilhomme qui disait que Moïse était un malhonnête homme, qu'il n'a jamais fait de miracles. Il disait encore que la mer Rouge se retire de temps en temps, et que Moïse, qui savait cela avait pris ce temps pour la passer.

MADEMOISELLE BONNE.

Il fallait donc qu'il fut bien adroit pour faire durer le passage des Israélites, justement jusqu'au temps où la mer devait revenir à sa place, afin de faire noyer les Egyptiens. Il fallait encore que les Egyptiens fussent de grands ignorans, car enfin ils ne demeuraient pas loin de la mer rouge : si cette mer se retirait, ils devaient le savoir et ils n'auraient eu garde d'y entrer

MISS MOLLY.

Pour moi, ma Bonne, je pense que les Israélites étaient bien ingrats de murmurer sans cesse contre Moïse qui leur avait obtenu de si grandes grâces, en priant Dieu.

MADEMOISELLE BONNE.

Cela est vrai , ma chère ; mais nous sommes aussi ingrats que ce peuple, puisque nous désobéissons à Dieu, malgré les miracles que nous voyons tous les jours.

LADI CHARLOTTE.

Mais je n'ai jamais vu de miracles.

MADEMOISELLE BONNE.

Ouvrez les yeux , ma chère , et regardez le soleil, la lune , les étoiles ; regardez la terre et la mer; regardez-vous vous-même. Nous sommes environnés de miracles auxquels nous ne pensons pas, parce que nous les voyons tous les jours. Ce soleil , qui éclaire les hommes depuis le commencement du monde , est précisément placé comme il faut pour nous-être utile. S'il était plus haut, il ne pourrait pas échauffer la terre. S'il était plus bas, il la brûlerait, et nous aussi. N'est-ce pas un miracle qu'il reste toujours à la même hauteur depuis si long-temps ?

LADI SENSÉE.

J'ai ouï dire qu'il y a un pays d'où le soleil est bien plus proche que de nous , et où il fait une chaleur insupportable.

MADEMOISELLE BONNE.

C'est dans l'Afrique, dans le milieu de l'Amérique et au sud de l'Asie; cette chaleur est supportable pour ces habitants auxquels Dieu a donné des corps capables de la souffrir, mais les étrangers y sont malades Voyez-vous sur la carte d'Afrique ce pays qu'on appelle Egypte ? Il y fait fort chaud ; cependant il n'y pleut jamais, ou du moins très-rarement.

LADI SPIRITUELLE.

Comment donc ces pauvres gens peuvent ils vivre ? car sans la pluie il ne vient rien.

MADEMOISELLE BONNE.

Cela est vrai, ma chère ; cependant l'Egypte est un pays fertile. Dieu y a placé ce grand fleuve que vous voyez, qu'on nomme le Nil. Tous les ans il sort de sa place, va couvrir toutes les terres d'Egypte pendant plusieurs mois, et les fertilise par une boue ou limon qu'il leur apporte.

LADI MARY.

Mais, ma Bonne, les eaux du Nil en se répandant doivent remplir toutes les villes.

MADEMOISELLE BONNE.

Non, ma chère ; car on a bâti les villes dans les lieux élevés, et l'on a fait des ponts qui mènent d'une ville à une autre. Adieu, mesdames, je me suis amusée à vous parler, et il est bien tard.

LADI MARY.

J'ai mille choses à vous demander, ma Bonne ; mais ce sera pour la première fois.

FIN DU TOME PREMIER.

www.ingramcontent.com/pod-product-compliance
Lightning Source LLC
Chambersburg PA
CBHW070901030726
47504CB00005B/1419